오늘도
나에게
리스펙트

오늘도 나에게 리스펙트

ⓒ 김봉현

초판 1쇄 인쇄 2018년 1월 4일
초판 1쇄 발행 2019년 1월 11일

지은이 김봉현
펴낸이 이상훈
편집인 김수영
본부장 정진항
기획편집 고우리 이승한
마케팅 조재성 천용호 박신영 조은별 노유리
경영지원 이해돈 정혜진 이송이

펴낸곳 한겨레출판(주) www.hanibook.co.kr
등록 2006년 1월 4일 제313-2006-00003호
주소 서울 마포구 효창목길 6(공덕동) 한겨레신문사 4층
전화 02)6383-1602~3 **팩스** 02)6383-1610
대표메일 book@hanibook.co.kr

ISBN 979-11-6040-222-3 03810

김봉현
산 문

오늘도
나에게
리스펙트

한겨레출판

프
롤
로
그
一

12월

확실히 나는 좀 별난 사람이다. 최소한 보편적인 사람은 아닌 것 같다. 누군가와 거리를 유지하기 위해 늘 노력하면서도, 실은 누군가와 늘 열렬히 연대하려고 노력하는 사람이 바로 나다. 그러나 모순이라고 생각하지는 않는다. 균형감이다. 균형감이라고 하고 싶다. 그리고 이 균형감이야말로 나란 사람을 규정해온 핵심이라는 사실을 나는 잘 안다.

그렇게 살면 외롭지 않느냐는 친구의 말에 나는 그저 웃었다. 나를 걱정하는 너의 말을 나는 존중한다.

12월이다. 겨울 노래를 잔뜩 듣는다. 김현철의 〈크리스마스에는 축복을〉, 윤종신의 〈12월〉, O.P.P.A의 〈겨울소녀〉를 연이어 듣는다. 물론 마지막은 다쓰로 야마시타山下達郎의 〈크리스마스이브〉다.

분명 너는 오지 않겠지

혼자만의 크리스마스이브

Silent night, Holy night

한참 몰입해 따라 부르다 다시 거리를 유지한다.

그런 글을 가득 모았다.

김봉현

사랑과 연대의 시트콤

서브컬처클럽

오늘도
나에게
리스펙트

유머
프로페셔널
—

관계와 일상에 늘 농담을 동반하는 여유가 필수라고 생각한다. 심지어 사람을 볼 때 능력이나 성격보다 이걸 더 중요시할 때도 있다. 웃기고 안 웃기고는 그다음 문제. '늘 농담을 동반하려는 자세' 자체가 중요하다. 방향성 말이다. 나 스스로가 그런 사람을 지향하기에 비슷한 결의 사람을 비교적 쉽게 알아본다. 그런 사람을 발견한 날은 하루 종일 기분이 좋다.

미안하지만 난 유머 왕이다. 대중성과 확장성이 떨어진다는 약점이 있지만, 대신에 소수 마니아의 광적인 지지를 받고 있다. 나의 유머 철학을 지면에 온전히 담기는 어렵다. 그래도 간단히 말하자면 주로 시사/예술 레퍼런스가 존재하는 유머, 혹은 두 번 이상 생각해야 웃을 수 있는 유머를 즐겨 구사하는 편이다. 때문에 나의 유머를 추종하는 사람들은 교수, 지식인, 청와대 행정비서관, 프랑스 미술관 큐레이터 등이 주를 이룬다. 실제로 '굿유머 갱Goodhumor Gang'이라는 크루를 만들어 활동한 적도 있다. 로고도 있다. 로고를 새긴 후드를 만들어 판매한 적이 있는데 무려 40여 명이 구입했다. 2년 정도 된 일이다. 사실관계에 자신 있으니 팩트체크 하길 바란다.

어제는 유머집을 사는 꿈을 꿨다. 일단 '유머집'이라는 단어 자체를 1990년대 이후로 처음 써본다. 그 책은 유머의 정의부터 실전기술 등이 총망라된 바이블 같았다. 서점에서 발견해 서서 단숨에 다 읽어버린 후 배를 잡고 깔깔거렸다. 그러다 전날 밤 켜놓은 티브이에서 흘러나오는 '웃으면 복이 와요'라는 소리에 꿈에서 깨고 말았다. 꿈에서 깬 후 한동안은 어이가 없었지만 결과적으로는 기분이 좋아졌다. 유머를 향한 나의 순정을 꿈에서도 확인받은 것 같았기 때문이다.

문득 LG아트센터 기획팀 근무 당시 같이 일하던 선배와의 통화가 생각난다. 대학교 선배에다 군대도 같은 부대였던 형이다. 이름은 한동희다. 선배는 페이스북에서 치는 내 유머를 보고 20%의 확률로 웃는다고 했다. 일단 퍼센트로 말한다는 것 자체가 관심이 있다는 증거다. 하지만 그 수치가 터무니없이 낮았기 때문에 난 그 반대가 아니냐고, 그러니까 20%의 확률로 안 웃는 게 아니냐고 되물었다. 선배는 아니라고 했다. 충격이었다. 글을 여기까지 읽었다면 눈치챘겠지만 난 유머를 취미가 아니라 프로페셔널로 하기 때문이다. 믿기지 않았지만 일단 DB에 추가해놓았다.

"36세, 유부남, 20% 확률로 웃음."

여전히 이해할 수 없지만 냉정한 태도를 유지하기로 한다. 그래야 발전한다.

페이스북이나 인스타그램에서도 가끔 내 유머를 평가하는 사람이 있다. "이번엔 좀 웃겼네ㅋㅋ" 이러면서. 일단 안 웃긴 것보단 웃긴 게 낫기는 하다. 하지만 늘 의문이다. 열 번에 평균 여덟아홉 번 웃기는 나에게 과연 저런 평가가 의미가 있는 걸까. 그럴 바엔 한두 번 안 웃길 때를 지적하는 편이 더 효율적이고 합당하지 않을까. 물론 나 역시도 열 번 유머를 쳐서 열 번 다 웃기진 못한다. 사람은 자기객관화를 할 줄 알아야 하고, 나는 내가 열 번 다 웃기지 못하는 사람임을 알고 있다. 물론 아주 가끔 열 번 다 웃긴 적이 있지만, 그럴 때마다 내가 기록 세우는 게 싫어서 웃음을 참고 자기 마음을 외면하는 사람이 늘 존재했다. 한때는 그런 사람을 이해할 수 없었고 심지어 싫어했다. 왜 자신에게 진실하지 않을까. 하지만 이제는 받아들일 수 있다. 내가 기록을 수립하는 것보다 중요한 건 그 사람의 자존감이기 때문이다. 사람은 자존감을 유지해야 살 수 있는 존재다.

"이 자리를 빌려 당신에게 공개편지를 보냅니다. 제 유머에 웃는다고 해서 당신이 저보다 못난 사람이 되는 게 아닙니다. 그러니 이제라도 저의 유머가 웃기면 웃으시길 빕니다. 웃으면 복이 와요."

**여행
따위**

—

여행을 좋아하지 않는다. 1년에 한 번 갈까 말까다. 만약 가더라도 행선지는 뻔하고 날짜는 짧다. 부산 1박2일, 부산 2박3일, 양양 2박3일, 이런 식이다. 게다가 한국을 벗어났던 적은 손에 꼽는다. 월드컵이 막 끝난 2002년 7월에 도쿄에 다녀온 후, 16년 만에 처음으로 외국에 다녀왔다. 생각해보니 평생의 99.5%를 서울 안에서 보낸 것 같다. 내가 바로 서울 촌놈이다.

많은 사람이 어떻게든 여행을 가려고 한다. 여행의 미덕을 찬양하는 책이 차고 넘친다. 휴가는 곧 여행을 의미한다. 조금 과장하면 사람들은 여행을 가기 위해 돈을 벌고 여행

갈 생각에 직장을 버틴다. 이쯤 되면 확실히 난 비정상이다. 여행을 좋아하지도 않고, 관심도 없는 남자라니. 언젠가는 이에 관해 진지하게 고민해본 적도 있다. 잘못 살고 있나? 아닌 것 같은데? 잘못 살고 있는 건가? 난 행복한데? 그 행복이 거짓인 건가? 내가 날 속이고 있는 건가? 그것도 아닌데? 그럼 뭐지?

나는 집이 좋다. 집이 편안하다. 집에서 할 수 있는 일이 너무나 많고, 집에서 얻을 수 있는 즐거움이 크고 깊다. 나는 우리 동네도 좋아한다. 동네가 매일 새롭다는 건 거짓말이지만 동네는 자주 새롭다. 동네를 걷는 게 나에겐 여행이다. 또 나는 '돈 때문에 다니는 이놈의 직장으로부터 숨을 틔울 여유가 필요해!'라는 절박함(?)으로부터도 자유롭다. 다행히 하고 싶은 일을 하며 돈을 벌고 있기 때문이다. 무엇보다 타고난 성향 자체가 '쳇바퀴'를 잘 견딘다. 아니, 견딘다는 표현도 잘못되었다. '매일 똑같이 굴러가는 일상의 지루함' 같은 말 자체가 그다지 와 닿지 않는다.

여행은 기본적으로 '그럴듯하게 보이는' 속성을 지닌 것 같다. 집에서 비디오게임을 하든 해외로 여행을 떠나든 둘 다 똑같이 삶을 즐기는 일일 뿐이다. 여기에 우열 같은 건 없다.

그러나 당위와 현실은 다르다. 집에서 비디오게임을 하는 사람보다는 뉴욕이나 파리로 여행을 떠나는 사람을 우리는 더 멋지고 문화적이며 삶을 즐기고 있다고 여긴다. 또 모두가 비디오게임을 하는데 나만 안 하면 뒤처지는 것 같다는 생각을 하는 사람은 없어도, 모두가 여행을 가는데 나만 안 가면 뒤처지는 것 같다는 생각을 하는 사람은 매우 많다.

노파심에 말하지만 여행을 좋아하는 사람을 폄하할 생각은 없다. 또 여행을 딱히 좋아하지 않지만 유행에 뒤처지지 않으려고 여행을 소비하는 사람도 폄하할 생각이 없다. 여행에는 분명 헤어나올 수 없는 매력과 가치가 있을 것이고, 유행으로서 무언가를 즐기는 행위 역시 기본적으로는 자연스러운 일이기 때문이다. 나는 때때로, 아니 자주 이 사회에서 소수자가 된다. 크리스마스를 신경 쓰지 않는다거나, 남의 생일은 물론 내 생일도 안 챙긴다거나, 좀처럼 해외여행을 가지 않을 때, 나는 '유사-비정상 겸 확실한 소수자'가 된다. 그리고 그럴 때마다 나의 주장은 늘 이런 식이다.

"너희들 다 인정하고 존중할게. 진심이야. 그런데, 그렇게 안 하는 날 보고 잘못됐다고는 말하지 마. 난 잘 살고 있거든?"

몽구스의 〈보헤미안 걸프렌드〉는 내가 무척 좋아하는 노래다. 정기적으로 찾아 듣는다. 제목에서 알 수 있듯 이 노래는 여행을 자주 떠나고 한군데에 머물지 못하는 여자친구에 대해 이야기한다.

난 너를 기다렸지만 넌 지금 TOKYO
한 달 전 마지막 여행이라며 BANGKOK
넌 어디로 뭔 여행을 그리도 왜 나를 자주 떠나니

천 번도 넘어 웃는 니 사진에 뽀뽀
하지만 만질 수도 느낄 수도 없어
넌 어디서 그 누구와 나를 잊고 춤추고 있을까

매일 매일 기다려 가끔 나도 여행을 떠나고 싶어
하지만 니가 다시 서울로 돌아왔을 때
그때 내가 여기 있어줘야 할 것만 같아서

이런 여자친구가 있었던 적은 없다. 오히려 여행을 좋아하지 않는 여자와 만난 적은 있다. 그 기억에 비추어볼 때 여행가방을 싸기 귀찮아하는 여자가 사랑스러울 리 없다는 당신의 생각은 완벽히 틀렸다. 아무튼 이 노래는 나의 어떤 마음을 건드렸던 것 같다. 여행을 좋아하는 사람은, 여행을 자주 다니는 사람은, 언제라도 날 떠날 것 같다는 그 알 수 없는 불안한 마음을. 통계도 없고 근거도 없고 논리 역시 없지만 그냥 그럴 것 같아 싫은, 나의 어떤 마음을.

얼마 전, 요즘 출연하는 라디오 방송의 오프닝 곡으로 이 노래를 골랐다. 방송에서 선곡 이유를 묻는 디제이에게 나는 똑같이 말해주었다.

"여행을 좋아하는 사람을 저는 별로 좋아하지 않습니다. 언제라
도 절 떠날 것 같거든요."

공교롭게도 디제이는 아내와 보름 정도 연말 여행을 다녀온 직후였고, 피디는 남편과 더운 나라에 다녀와 얼굴이 조금 빨갛게 변한 상태였으며, 작가는 방송 들어가기 전에 "되도록 여행을 자주 가려고 해요"라고 이야기한 상황이었다. 내 사회성에 문제가 있나? 나를 돌아보는 여행을 떠나봐야겠다.

바이닐의
준엄한 명령
—

평소 여러 가지를 모으는 편이다. 내 방에는 갖가지 아이템이 진열돼 있거나 쌓여 있다. 각종 게임기, 게임팩, 게임CD, 피겨, 만화책, 힙합 원서, 음악잡지, 스니커 등. 갖고 싶은 것이 있다면 반드시 갖고 말겠어. 단, 50만 원 이하만요. 심지어 내 방에는 플레이스테이션4 말고도 오락실 게임기가 한 대 설치되어 있다. 오락실에 가면 볼 수 있는 그 모양의 게임기 말이다. 버튼만 누르면 플레이할 수 있게 설정해놨지만 동전통까지 구비해놨다. 이게 멋이기 때문이다.

내가 모으는 아이템 중에는 바이닐vinyl도 있다. 한국에서는 보통 LP라고 한다. 사실 바이닐이야말로 나의 주요 콜렉트 아이템이다. 일일이 세어보진 않았지만 몇천 장이 넘어가고 있다. 나는 보통 남자들과 다르게 차에 관심이 없다. 전혀 관심이 없다고 봐도 좋다. 그래서 아직까지 운전면허도 없다. 누군가의 BMW를 잠시 탔다가 그 차가 BMW인 줄도 몰랐던 일화는 차에 대한 나의 무관심을 증명해준다. 때문에 한때는 이런 생각을 한 적도 있다.

'남들 차 뽑을 돈 굳었네.'

하지만 곧이어 떠오른 생각이 더 중요하다.

'그 돈 다 바이닐 사는 데 썼네. 외제 차 한 대는 뽑았겠네.'

턴테이블을 늘 가지고 있기는 했다. 감상용도 있었고 휴대용도 있었지만 지금은 디제이용만 두 대 가지고 있다. 하지만 늘 바이닐로 음악을 들었던 건 아니다. 나 역시 편리함을 좇는 보통 인간이기에 한동안 MP3 플레이어를 즐겨 이용했다. 지금도 아이팟 클래식은 늘 주머니에 넣고 다닌다. 그러나 동시에 나는 열성적으로 바이닐을 모은다. 집에 있을 때면 되도록 바이닐로 음악을 들으려고 노력한다. 이 책의 인세도 어차피 바이닐 구매로 털릴 예정이기 때문에 나는 담당자에게 내 계좌번호 대신 내가 자주 가는 김밥레코드 대표님의 계좌번호를 알려줄 생각이다. 그쪽으로 바로 입금되는 편이 보다 효율적이다.

내가 바이닐을 모으는 이유, 또 바이닐로 음악을 듣는 이유는 크게 두 가지다. 아, 참고로 음질 이야기를 할 생각은 없다. 솔직히 바이닐의 음질이 MP3, CD와 어떤 큰 차이가 있는지 잘 모르겠다. 표준 음질만 된다면 난 음질에 크게 예민한 사람은 아니다. 아무튼 첫째 이유는 바이닐의 물성이 음악 스트리밍 앱의 공허함을 달래주기 때문이다. 편리함에 물들어 그 극단까지 가봤더니, 미안하지만 다시 불편해지고 싶어졌다. 화면 클릭만 수억 번을 하다보니 다시 실체가 있는 무언가를 손에 쥐고 싶어졌다. 그리고 이러한 면에서 크기도 정체성도 뭔가 애매한 CD보다는 바이닐 쪽의 손맛과 수집하는 맛이 훨씬 크고 강렬하다. 나는 바이닐을 인테리어 소품으로도 생각하며 구입한다. 내가 주최한 서울힙합영화제 등의 행사에서 소장한 바이닐 커버들로 전시를 한 적도 있다. 그림을 구입하려고 해도 보통 그 정도 크기면 바이닐 값

보다 꽤 비싸지 않으려나.

둘째 이유는 첫째 이유보다 중요하다. 스마트폰이 바로 옆에 있음에도 바이닐을 애써 꺼내 먼지를 털고, 턴테이블 위에 올려놓고, 바늘을 조심스럽게 잡아 살포시 올려놓는 행위는 곧 빼도 박도 못하는 환경을 나 스스로 만들었음을 의미한다. 턴테이블이 나에게 준엄한 명령을 내린다.

"빨리 감을 생각하지 마라. 스킵은 꿈꾸지도 마라. 자동반복 안 된다. 4곡 끝나면 네 손으로 판 뒤집어라."

나는 하는 수 없이 음반을 처음부터 끝까지 듣게 된다. 맘에 드는 곡만 골라 들을 수도 없고 맘에 드는 부분을 찾기 위해 15초 뒤로 재생할 수도 없다. 하지만 이러한 자발적 속박이 주는 느낌이 나쁘지 않다. 바이닐은 이렇게 다시 나를 느리게 만들고, 나는 음악을 처음 들었던 순간을 떠올린다. 참, 다행이다. 대부분은 새것이 좋지만 그렇지 않을 때도 있다.

**움직임과
머무름**

—

유튜브를 서핑하고 있었다. 누군가가 불법으로 올린 음악을 불법으로 들었다. 우린 똑같은 놈들이다. 노래가 끝난 후 자동으로 다음 노래로 넘어갔다. 흘러나온 건 이장우의 〈훈련소로 가는 길〉. 꽤 오랜만이었다.

> 날 기다리진 마 네게 부담주긴 싫어
>
> 좋은 사람 만날 기회를 나 때문에 피하지는 마
>
> 하지만 그래도 니가 나를 못 잊어
>
> 아무것도 없이 새로 시작할 날 허락한다면
>
> 그땐 너와 결혼을 하고 싶어

멍하니 앉아, 끝까지 들었다. 마치 처음부터 이 노래를 들으려고 한 것처럼.

옛날이야기 좀 하자. 1990년대의 이장우는 공일오비의 발라드를 부르기 위해 태어난 소년 같았다. 돌이켜보면 그 당시 이장우는 채 스무 살도 안 되었을 때부터 세상의 모든 이별을 다 겪어본 것마냥 노래를 불렀다. 〈훈련소로 가는 길〉은 그가 스물세 살 때, 그러니까 공일오비의 끝자락이자 자신의 솔로 커리어가 시작될 무렵에 부른 노래다. 그리고 이 노래는 내가 가장 아끼는 1990년대 이별노래 중 하나다. 나는 이 노래 안에서야 비로소 휴식한다.

> "낭만은 오글이 되었고, 감성은 중2병이 되었고, 여유는 잉여가
> 되었다. 열정이란 말이 촌스럽지 않던 그 시절이 그립다."

이 말을 언젠가 인터넷에서 읽은 적이 있다. 만약 그 사이트가 페이스북이었다면 나는 좋아요를 누른 후 댓글을 달고 공유까지 했을 것이다. 진짜가 진짜를 알아보듯 시대의 부적응자가 시대의 부적응자를 알아본 순간이었으니. 몇 년 전 〈훈련소로 가는 길〉은 실제로 한동안 나의 컬러링이었다. 그

때 나이 차이 좀 나는 여후배가 했던 말을 아직도 기억한다.

"이런 건 아저씨 노래 아니에요?"

하, 시대의 무브먼트란!

하지만 오해는 말자. 당신이 교양인이라면 날 정확히 이해하란 말이다. 나는 변해버린 모든 걸 서글퍼하며 옛날이 좋았다고 소주나 마시는 사람이 아니다. 예전에는 '낭만'으로 통하던 것이 지금은 '오글'이 되었다고 해서 꼭 나쁜 세상이 된 건 아니다. 그들에게는 그들 식의 새로운 낭만이 있을 것이다. 모든 좋았던 것이 전부 나빠졌다고 생각하는 순간 바로 꼰대가 된다. 게다가 나는 착시도 잘 간파해낸다. 요즘 지하철에서는 전부 스마트폰을 보고 있어서 서글프다고? 옛날에는 전부 신문을 보고 있었다.

그러나, 그와 동시에 나는 '내 것' 역시 존중받기를 원한다. 대세와 어긋날지라도 말이다. 나는 일부러 짧은 글을 연습하고, 웹툰 창작에 도전하며, 카드뉴스를 즐겨보는 사람이다. 사실 아이폰은 내 신체의 일부고 스티브 잡스는 나의 신이다. 하지만 나는 여전히 바이닐과 카세트테이프로 음악을 듣고, 시집을 읽으며, 윤종신이 1990년대에 그려낸 사랑의 방식을 동경하는 사람이기도 하다. 나의 절반은 시대의 무브먼트를 따라가지만 나머지 절반은 늘 그 자리에 머물러 있다.

나의 바람은 키가 작다. 세상을 따라가면서도, 그저 늘 약간은 여전히 나다울 수 있기를 나는 바란다. 만약 작은 바람을 하나 더 꼽을 수 있다면, 나와 비슷한 사람이 다른 동네보다 우리 동네에 더 많이 사는 것. 연남동 동네친구 구합니다.

바쁘다는
말

—

여전히 바쁘게 살고 있다. 한가하면 오히려 불안해지고, 성취해야 할 목표를 늘 안고 살아야 하는 타입이라 그렇다. 누군가는 이런 나에게《피로사회》라는 책을 권하기도 했다. 하지만 오래전에 이미 읽어봤다는 것이 함정이다. 게다가《피로사회》를 권하는 그의 뉘앙스가 "에휴, 넌 세상에 대한 통찰도 없이 그저 좁은 시야로 살아가고 있구나? 이제 이 책으로 그 어리석음을 치유해보렴"과 비슷했기에 꽤나 불쾌했다. 내가 너보다 생각 깊은데? 너 오만하네?

　물론 난《피로사회》의 요지에 동의하고 공감한다. 내 삶에 도움이 되었다. 그러나 모든 바쁘게 살아가는 사람이 피로사회의 덫에 걸린 아둔한 이는 아니다. 나는 그보다 근본적으로, 사람이 타고난 기질이 서로 다르다는 생각을 가지고 있다. 최대한 놀고 싶어하는 사람이 있는 반면, 일을 벌이며 그 자체에서 오히려 에너지를 얻는 사람이 있다. 여행을 좋아하는 사람이 있는가 하면, 나처럼 굳이 여행의 필요성을 느끼지 못하는 사람도 있다. 이 '다름'에 대한 복합적인 이해와 존중이 없는 사람과는 친하게 지낼 생각이 없다. 하지만 엄마랑은 어쩔 수 없이 가깝게 지내야 한다.

앞서 말했듯, 여전히 바쁘게 살고 있다. 하지만 언젠가부터 '바쁘다'는 말을 잘 하지 않는다. 아마 꽤 되었을 것이다. 대신에 누가 바쁘냐고 물어보면 '바쁜지 안 바쁜지 잘 모르겠다'고 대답한다. 이런 내 대답을 실제로 들은 이가 꽤 있다. 성의 없게 대충 대답한 것이 아니니 이 글을 본다면 부디 오해를 풀기 바란다.

바쁘다는 말을 잘 하지 않는 이유는 이렇다. 바쁘다고 말하거나 바쁘다고 쓰는 행위로 내가 얻게 되는 우쭐함이나 안도감 같은 걸 없애버리고 싶었다. '얻게 되는'이라고 표현한건 그게 내 의도에서 비롯된 게 아니기 때문이다. 겉으로는 바빠서 죽겠다는 하소연이지만 속으로는 내가 이렇게 의미

있게, 잘 살고 있다는 전시와 위로. 그게 싫었다. 내 의도와 무관하게 본능(?)적으로 들기 마련인, 통제할 수 없는 감정이기에 더 그랬다.

바쁜 삶 자체가 선은 아니다. 그러나 많은 이가 한가한 삶보다는 바쁜 삶에 가치를 더 부여하고 안도한다. 나 역시 그로부터 자유로울 순 없다. 만약 게으르고 남 탓하고 불평만 늘어놓는 사람이 자기 꿈을 위해 성실하고 바쁘게 달려가는 사람을 모함하고 공격한다면 또 모르겠다. 그런 경우라면 그 사람을 가리켜 바쁘게 살고 있지 않다는 이유로 비판할 수도 있을 것이다. 그러나 사람은 누구나 어떻게 살아갈지 선택할 자유와 권리가 있다. 바쁜 삶, 치열한 삶이 아닌 느린 삶, 한가한 삶을 영위할 권리가 누구에게나 있고 그 자체로서 잘못은 전혀 아니다. 어떠한 삶을 살든 스스로가 삶의 주인이라면 그걸로 충분하다. 바쁜 삶은 한가한 삶보다 우월하지 않다.

요 몇 년 사이 내가 여러모로 느린 삶보다는 바쁜 삶을 살고 있는 것은 맞다. 아직까지는 이런 내 삶이 좋다. 하지만 삶에 대한 철학이 나와 다른 사람일지라도 스스로가 삶의 주인으로서 행복하다면 누구나 나의 존중을 얻을 수 있고, 나의 친구가 될 수 있다. '느린' 사람이 더 많이 필요한 세상이기도 하다. 그리고 언젠가는, 내가 느린 삶의 주인공이었으면 한다.

균형의
왕
—

무언가를 좋아하거나 열광하는 것에 대해 생각한다. 물론 사람들은 아무것/아무 사람이나 좋아하고 열광하지는 않는다. 그러나 동시에 '반드시 그 대상이어야 한다'는 생각도 하지 않는다. '무언가에 빠져들어야 공허해지지 않을 수 있고 자존감을 유지할 수 있는데, 마침 적당하고 알맞은 대상을 찾아낸 것'에 가깝다. 말하자면 "다른 사람이 아닌 너인 이유가 있기는 한데, 널 좋아하는 이유도 얼마든지 사라질 수 있고, 그렇게 되면 난 언제 그랬냐는 듯 너에게서 멀어질 거야. 다른 좋아하는 걸 또 찾아내면 되니까", 뭐 이런 거다. 그 대상이 사람이든, 음악이든, 다른 무엇이든.

비극은 좋아함이나 열광을 받는 사람의 착각에서 비롯된다. 날 좋아하고 나에게 열광하는 저 사람의 행위도 결국 '저 사람 스스로를 위한 것'임을 깨닫지 못할 때 비극이 발생한다. 그래서 혼란에 빠지고 멘탈이 무너진다. 때문에 대부분의 사람에게 나는 '목적'이 아니라 삶의 비어 있는 부분을 채우기 위한 '수단'임을 확실히 알고 있어야 한다.

공개적인 일을 하는 터라, 나 역시 이런 덧없음을 꽤 느껴봤다. 영원한 건 없다는 건 일찌감치 알았지만 '나라는 존재가 목적이 아니라 수단이었음'을 깨달은 건 채 몇 년이 되지 않는다. 사람들은 언제든 등 돌릴 준비가 돼 있고 그것이 그들의 잘못도 아니다. 때로는 한마디로 살아온 궤적 전체를 재단당하기도 한다.

만약 당신이 내 활동에 대해 SNS에서 피드백을 했는데 내 반응이 미지근했다면 내가 늘 이런 생각을 품고 있기 때문에 그렇다. 물론 미움 받는 것보다야 사랑받는 것이 낫다. 좋은 말은 언제나 고맙고 확실히 힘이 돼준다. 그러나 거기까지다. 일희일비하거나 좌우되지는 않는다. 무언가를 보답해야 한다는 생각도 딱히 없다. 가끔 이런 내가 약간 비인간적이라고 느껴질 때도 있지만, 인터넷상의 헛소리를 그냥 넘길 줄 알아야 하듯 나에 대한 좋은 말에 취하지 않을 줄도 알아야 한다. 난 솔직히 SNS를 소통 목적으로 쓰기보다는 내가 하는 일의 아카이빙 용도로 활용하는 것 같다. 약간 로봇처럼.

사람을 싫어하거나 부정적으로 보지는 않는다. 하지만 정말로 좋은 사람들과 오래도록 함께하기 위해서는 나를 지킬 필요가 있고, 그러기 위해서는 종종 차가워져야 할 때가 있다. 그 균형을 내가 잘 유지하고 있는지 가끔 점검한다. 균형의 왕이 되기 위해.

거리감

—

방탄소년단이 연일 놀라운 성과를 내고 있다. 그에 관한 기사를 읽고 있자니 문득 방시혁 대표가 내게 했던 말이 떠오른다.

"평론가님은 거리감이 굉장히 중요한 분 같아요."

몇 년 전 일이지만 그의 이 말은 아직도 선명하다. 어렴풋이 알고 있던 스스로의 특성이 특정한 단어로 명징하게 개념화되는 순간이었기 때문이다.

거리감. 나는 거리감이 중요한 사람이다. 일단 누군가와 쉽게 호형호제하지 않는다. 열 살 많은 사람에게 '말 놓으시라'고 먼저 권유하지도 않지만 열 살 어린 사람에게도 쉽게 말을 놓지 않는 사람이 나다. 물론 한국사회에서 이런 특성은 자주 오해를 산다. 특히 '인심 좋은 형' 노릇하기 좋아하는 사람에게 나는 가장 못마땅한 대상이다. 하지만 진짜 우정은 만나자마자 갈아치우는 호칭으로 쌓을 수 있는 것이 아니다. 지금 내 곁에는 여전히 서로 존대하지만 마음을 모두 꺼내 보여줄 수 있는 사람이 몇 명 있다.

〈백종원의 골목식당〉이라는 프로그램을 보다가도 뜬금없이 거리감이라는 단어를 떠올렸다. 해방촌의 '원테이블' 식당을 보며 나 역시 눈살을 찌푸렸던 건 맞다. 그러나 포털 사이트의 댓글란은 나로서는 이해할 수 없는 세계였다. 당신들의 말처럼 저들이 '철부지'라고 치자. 대체 그 사실이 당신들의 삶과 어떤 관계가 있단 말인가. 대체 저들의 삶과 당신들의 삶이 얼마나 가깝기에 그토록 혐오와 저주를 퍼붓단 말인가. 거리감 좀 부탁해요.

농구를 좋아해서 경기 중계를 자주 본다. 얼마 전에는 골든스테이트와 휴스턴의 시합을 봤다. 골든스테이트가 이겼고, 분노한 휴스턴 팬은 골든스테이트 팬을 때렸다. 저기요,

거리감 모르세요? 스포츠를 좋아하는 건 자유지만 응원하는 팀을 자신과 동일시하는 건 그만두면 안 될까요? 팀의 승리를 삶에 좋은 에너지로 활용하는 건 환영이지만 그 이상은 경계하는 것이 어떨까요?

열광하는 모든 것에서 조금씩만 멀어지세요. 멀어지면 비로소 보이는 것이 있답니다.

유시민
—

나는 유시민의 팬이다. 스무 살 무렵부터 아직까지 변함없다. 더 정확히 말하면 정치인 유시민보다는 작가 혹은 지식소매상 유시민을 좋아하고 동경한다. 정치인 유시민을 싫어한다기보다는 작가 유시민이 나의 삶에 더 큰 영향을 끼쳤을 뿐이다. 노파심에 말하자면 그를 세상에서 가장 좋아하지는 않는다. 내가 세상에서 가장 좋아하는 사람은 나 자신이다.

유시민에 대한 마음이 처음으로 뜨거워진 건 그의 '항소이유서'를 통해서였다. 항소이유서는 26세의 유시민이 1984년에 쓴 글이다. 당시 그는 폭력 혐의로 1년 6개월 징역형을 선고받았는데, 그가 폭력배였던 건 아니고 학생운동을 했기 때문이다. 이 글이 너무나 유명해서, 보통 항소이유서라 하면 사람들은 유시민의 항소이유서를 떠올리곤 한다.

스무 살의 나는 어쩌다보니 유시민의 항소이유서를 읽게 되었다. 그 조금 긴, 아니 너무 긴, 아니 굳이 이럴 필요가 있을까 싶을 정도로 지나치게 긴 글을 단숨에 다 읽은 뒤 그의 팬이 되었다. 스무 살의 나에게 그 글은 성경과도 같았다. '완전한' 글이었다. 일단 전두환 군사정권에 대한 청년의 정의로운 분노는 기본 옵션이다. 당시 학생운동을 했던 이들 누구나 이것은 갖추고 있었을 터다. 그러나 유시민의 항소이유서는 특별했다. 정의감은 물론, 그는 자신의 주장을 반박 불가능한 논리를 통해 개진하고 있었고, 거기에 동시대와 인간을 향한 따스한 연민까지 잊지 않았다. 걸출한 문장은 굳이 강조할 필요도 없을 것이다. 만약 내가 오늘 인스타그램에 이 글을 올린다면 이런 해시태그를 달지도 모른다.

#정의 #분노 #논리갑 #반박불가 #팩트폭행 #감성 #인간미

#문장력 #유시민 #감옥 #전두환 #학생운동 #소통

어쩌면 유시민의 항소이유서가 내게 특별한 글이 된 까

닭은 그 글의 '균형감각'에 있을지도 모르겠다. 아니, 사실 그게 맞다. 분노하면서도 논리가 살아 있고, 거대담론을 말하면서도 인간 개개인을 향한 연민을 잊지 않는다는 것. '극대화된 이성'과 '극대화된 감성'을 모두 갖추었다고 할까. 유시민의 항소이유서를 읽은 순간 '균형의 왕'을 향한 나의 여정은 시작되었던 것이다.

〈썰전〉은 시작 때부터 거의 한 주도 빼놓지 않을 정도로 즐겨 보는 프로그램이다. 하지만 유시민의 출연 후 더 관심 있게 지켜본 프로그램이기도 하다. 이 프로그램에서도 역시 유시민의 균형감각은 빛을 발했다.

예를 들어 2016년 총선에서 '정청래 컷오프'를 다루는 부분을 보자. 전원책은 정청래의 막말이 분명한 이유라고 했다. 그러자 유시민은 그것은 막말이 아니라 '좀 세게 표현한 것'일 뿐이라며 결과적으로 정청래의 컷오프에는 아무런 사유가 존재하지 않는다고 평한다. 전원책이 유시민에게 "자기도 (막말에) 당해놓고…"라고 하자, 유시민은 "정청래가 날 간신이라고 공격한 적이 있지만 그건 막말이 아니다. 다른 정치인에게 할 수 있는 판단일 뿐이다. 다만 좀 센 비판이지 강아지 계열의 막말은 아니다"라고 말한다.

이 짧은 장면에서 내가 발견할 수 있었던 건 여러 가지다. 언론에 휘둘리지 않는 자기 사고, 단어의 프레임에 갇히지 않기 위한 좋은 의심, 사적으로 딱히 좋은 관계가 아닌 사람이 처한 부당한 상황에 대한 이성적 판단, 자신을 향한 공격을 구조의 측면에서 객관화해 바라보는 시야, 자신을 향한 공격에 대한 제3자의 부당한 평가에 동의하지 않는 합리성 등.

사례는 또 있다. 전원책이 "나라를 위해 한 몸 바치지 않는 국회의원은 모조리 단두대에 보내야 한다"고 말하면, 유시민은 "국회의원도 정치인이기 전에 생활인이고, 공적 의무를 짊어지는 동시에 사적 욕망도 지닌 존재"라는 점을 전제하며 논의를 시작한다. 둘의 이런 성향은 사안과 표현을 바꿔가며 〈썰전〉을 통해 내내 대립한다. 전원책이 '시원하긴 하지만, 시원하기만 한' 주장을 한다면, 유시민은 '합리와 균형을 모색하면서도, 양비나 회색에 머무르지 않고 분명한 자기 입장'을 도출해낸다.

피아식별과 이분법이 지배하는 이 세계에서, 유시민의 글과 책을 통해 내가 동경했던 것은 공/사와 주관/객관과 개인/구조를 구분/구별해내는 것이었다. 그리고 지금까지도 이것은 나에게 삶의 과제로 남아 있다. 내가 이 삶의 과제를

수행해오는 동안 유시민은 국회의원과 장관을 거쳐, 또 이러이러하고 저러저러한 정치 여정을 거쳐 마침내 작가로 복귀했다. 작가 유시민을 볼 수 있어 좋은 계절이다.

이 글은
쉬운
글이다

인터넷을 돌아다니다 보면 어떤 글 아래에 글이 너무 어렵다고 토로하거나, 때로는 비아냥거리는 댓글을 종종 발견한다. 그럴 때마다 나는 어느 쪽이 진실일까 가늠해본다. 정말로 글이 어려운 걸까, 아니면 읽는 이가 이해를 못하는 걸까.

나는 글이 무조건 쉬워야 한다고 생각하지 않는다. 글이 무조건 쉬워야 한다고 말하는 건 반지성주의의 다른 표현이거나, 자신의 지적 게으름을 글쓴이에게 책임 전가하는 일일 수도 있다. 물론 정말로 '잘 못 쓴' 글도 있다. 읽는 이로서의 책임감을 가지고 사유를 동원해도 잘 읽히지 않는 글이라면, 그리고 다수가 이렇게 평한다면, 글 자체에 문제가 있을 수도 있다. 그런 경우에는 저자 스스로가 자신의 글을 돌아볼 필요가 있다. 지식 전달과 읽는 이의 이해를 목적으로 하는 글이라면.

그래도, 나 역시 쉬운 글을 좋아하는 편이긴 하다. 그러나 쉽더라도 한 번쯤은 고민해볼 수 있는 문장이 더 좋다. 겉으로는 직관적이지만 그 뒤편에 '돌아가는 길'을 간단히 품은 문장이 더 좋다. 쉬운 건 언제나 좋다. 하지만 쉬우면서도 상상하게 해주는 문장이 더 좋다. 이렇듯 '균형'을 의식하는 문장이 난 좋다. 그래서 요즘은 직접 글을 쓰거나 어떤 글을 번역할 때 이 균형감을 늘 고려한다. '쉽지만 쉬운 것만이 전부가 아닌 문장'을 어떻게 구현할 수 있을까. 이것이야말로 요즘 나의 화두다.

나의 글에 한해 말하자면, 나는 글을 쉽게 쓰는 편이라고 생각한다. 출판사들의 출판 제안에도 "전문적인 영역을 쉽게 이해할 수 있게 쓴다"는 이유가 꼭 있었으니까. 그런데 흥미로운 건 나는 평소에 '글을 쉽게 써야지'라는 생각을 전혀 하지 않는다는 사실이다. 무의식에 내면화되어 있을 순 있지만 의식적으로는 한 번도 그런 생각을 해본 적이 없다. 그냥 나라는 사람의 특성이 자연스럽게 반영된 것이 아닐까 생각한다.

어쩌면 글이 쉽다는 건 깊이가 없고 일차원적이라는 말이기보다는, '디테일'과 '균형감'이 좋다는 뜻일 수도 있다. 빈틈없이 여러 부분을 꼼꼼하고 복합적으로 챙기는 디테일의 면모는 읽는 이로 하여금 의문을 품을 공간을 사라지게 한다. 또 글을 입체적으로 완성하기 위해 서로 다른 역할/성격/층위의 문장과 표현을 균형 있게 동원하고, 너무 무겁지도 너무 의미 없지도 않게 글의 온도를 조절하는 균형감이 읽는 이의 이해를 방해할 리 없다.

'쉬운 글'의 절대적인 기준이란 존재하지 않는다. 글을 읽을 때마다 '읽는 이의 성의'와 '쓴 이의 결과물'을 오가며 치열하게 판단할 수밖에 없다. 어떤 글을 잘 이해하지 못했을 때 난 일단 나에게 책임은 없는지부터 생각한다. 찝찝하지만 이것이야말로 실체적 진실일 것이다. 역시 세상에 쉬운 글, 아니 쉬운 일은 없다.

정확한
리스펙트의
실험
—

그동안 여러 업무 담당자를 겪어왔다. 어떤 이는 나를 생각
보다 쉬운 사람이라고 평할 것이고, 어떤 이는 나를 생각보
다 까다로운 사람으로 여길 것이다. 자기객관화 차원에서 나
역시 자문해본 적이 있다. '내가 움직이는 기준은 무엇일까?'
한마디로 단언할 수는 없겠지만 그래도 한마디로 말하자면
'실체 있는 리스펙트'일 것 같다.

최근에 공감했던 가사가 하나 있다. 지투, 팔로알토, 허클
베리피가 함께한 〈Rap Flicks〉의 후렴이다.

찍어둬 그래 방송에서 봤어 반갑다고

분신 공연 이름 들어봤다고

유행 따라서 잘 몰라도 일단 아는 척

아는 척해 사진 찍어

물론 나는 유행 따라서 무언가를 좋아해도 된다고 생각한다. 모두가 깊고 정확하게 무언가를 파고들거나 알 필요도 없다고 생각한다. 힙합이 유행이니까 내 책을 산 사람들, 정확히 어디에서였는지는 기억 못하지만 내 이름을 들어본 적이 있다고 말하는 사람들에게도 나는 고맙다. 하지만 동시에 그런 말들에는 마음이 진정으로 동하지 않는 것도 사실이다. 누구에게나 적용할 수 있는 두루뭉술한 좋은 말은 그 몸집이 아무리 거대해도 공허하다. 정확히 말하면, 고맙지만 이내 공허해진다. 대신에 단 한 줌일지라도, 근거와 실체가 있는, 나에게만 소용 있는 말을 원한다. 이것이 나를 움직이는 기준이라고, 오늘 나는 다시 한 번 결론지었다.

어쩌면 신형철이 자신의 책《정확한 사랑의 실험》에서 한 이야기와 비슷하다. '사랑'만 '리스펙트'로 바꾸면 될 것이다. 신형철의 글을 조금만 인용하자면 다음과 같다.

어떤 문장도 삶의 진실을 완전히 정확하게 표현할 수 없다면, 어떤 사람도 상대방을 완전히 정확하게 사랑할 수는 없을 것이다. 그러나 정확하게 표현되지 못한 진실은 아파하지 않지만, 정확하게 사랑받지 못하는 사람은 고통을 느낀다. "정확하게 사랑받고 싶었어." 이것은 장승리의 두 번째 시집 《무표정》(2012)에 수록돼 있는 시 〈말〉의 한 구절인데, 나는 이 한 문장 속에 담겨 있는 고통을 자주 생각한다.

조금 전 어떤 기자의 전화를 받았다. 일간지 인터뷰 기사를 위해 만난 적이 있는 이였다. 그와 만난 후 꽤 오랜 시간이 지났기 때문에 그는 내가 자기를 기억하고 있을지 염려하는 듯했다. 하지만 나는 그를 '정확'하게 기억하고 있었다. 나의 책을 실제로 읽은 다음, 무엇이 좋았는지 정확하게 나에게 말해주었기 때문이다. 그러지 않았던 다른 이들이 잘못했다는 말은 아니다. 그러나 지금 나는 오직 그의 이름만을 기억하고 있다. 그는 나에게 어떠한 부탁을 해왔고, 나는 그가 허무함을 느낄 정도로 단번에 수락했다. 너무 쉽게 수락해서 어쩌면 당황했을 수도 있다. 이것이 내 방식의 보답이라면 보답이다.

앞으로도 정확한 리스펙트를 받고 싶다. 또 누군가에게 정확한 리스펙트를 주고 싶다. 정확한 리스펙트만으로 내 주변 360도를 채우고 싶다. 그러고 보니 두어 달 전 같이 일했던 월간지 에디터에게 이런 말을 한 적이 있다.

"일을 진행하는 과정에서 다른 잡지 에디터 분들보다 더 좋은 느낌을 받았습니다. 뭔가 더 상냥하시고 일을 더 잘하신다는 느낌이랄까요. 좋은 거니까 제 말에서 좋은 에너지 받으셨으면 좋겠네요."

마침 그는 어제 나에게 또 한 번 연락을 해왔다.

솔직한
사람

방송을 함께 하던 피디가 사정상 방송을 떠나게 됐다. 그가
작년에 내게 처음으로 전화를 걸어왔던 기억이 아직도 생생
하다. 위에서 갑자기 이 프로그램을 맡으라는 발령이 떨어졌
는데, 자기는 힙합의 힙자도 모르는 사람이라고, 제발 도와
달라고, 절박하게 요청해왔다. 그때 나는 사실 그 방송에 함
께하기가 조금 부담스러운 상황이었다. 밀린 일이 많았다.
그러나 그의 진심에 마음이 움직였다. 관심 없는 일을 억지
로 하는 것도 아니니 내가 마음을 조금 고쳐먹으면 그만이라
고 생각했다. 그리고 당연히 출연료도 나올 테니까. 그렇게
6개월 정도를 함께했다. 방송을 떠나기 전 마지막 저녁식사

자리에서 그는 내게 이렇게 말했다.

"그동안 매번 솔직하게 말해주셔서 감사했어요."

처음엔 무슨 말인지 몰랐다. 내가 뭘 특별히 솔직하게 말한 적이 있었나? 없다. 뭘 일부러 솔직하게 말하려고 의식한적은 한 번도 없었다. 그렇다면 기억에 남을 어떤 사건이라도 있었던가? 없다. 기억을 더듬어봐도 '솔직함'과 관련된 어떤 사건도 없었다. 그래서 그게 무슨 말인지 되물었더니 이런 답이 돌아왔다.

"하고 싶은 말이나 원하는 게 있어도 솔직하게 말하지 않는 사람
이 많거든요."

그제야 그 말이 칭찬인 걸 알았다. 특별히 무얼 하지 않고도 받은 칭찬. 있는 그대로의 나로 매순간 행동했을 뿐인데받은 칭찬. 그러나 누군가에게는 해내기 어려운 일로 받은칭찬. 더불어 그의 말을 듣고 나니, 내가 평소에 자주 겪던 미묘한 어려움(?)의 실체 역시 깨달을 수 있었다. 나에게 들어

온 섭외나 제안과 관련해 업무 담당자와 소통할 때, 그동안 정확히 무엇이 나를 어렵게 만들었는지 말이다.

　나의 경우, 업무상 소통에서 갈등이 생겼던 이유는 상대방이 무례하거나 개념이 없어서가 아니었다. 대신에 갈등은 이럴 때 발생했다. 먼저, 그들이 나의 (이미 내 말에 드러나 있는) '진의'를 파악하려고 애쓸 때 갈등이 발생했다. 그들은 내가 정확한 진의를 숨기고 있다고 생각하거나, 최소한 100%를 드러내지는 않는다고 여겼던 것 같다. 하지만 나의 진의는 늘 나의 말이나 글에 정확히 담겨 있었다.

　한편 업무 담당자들이 과도하게 나의 심기를 살필 때도 갈등은 발생했다. 그럴 때면 마치 내가 '대접받으려고 하는 사람'이 된 것 같아 불쾌했기 때문이다. 물론 소통하는 과정에서 꼭 좋은 말만 오갈 수는 없다. 요청사항을 조금은 딱딱한 말로 정확히 해두어야 할 때도 있고, 부당하다고 느낀 상황을 설명해야 할 때도 있다. 하지만 그런 것들은 어디까지나 일과 관련한 영역에 있을 뿐, 사적인 화풀이를 하는 것도 아니고 자존심을 세우려는 것도 아니다. 죄송하다는 말을 듣고 싶다거나 갑질을 하려 드는 것은 더더욱 아니다. 그저 평등한 관계 위에서 합리적으로 소통하며, 요청할 것은 요청하고 책임질 것은 책임지고 싶을 뿐이다.

하지만 그들이 왜 그렇게 행동하게 되었는지 헤아려보다가, 나는 잠시 아찔함을 느끼게 된다. 그들이 괜히 그럴 리가 있나. 평소에 하고 싶은 말도 체면이나 자존심 때문에 빙빙에둘러 알아들을 수 없게 말해놓고 나중에 남 탓을 하고, 말에 복선을 잔뜩 깔아놓고 상대방이 알아서 눈치채길 바라고, 상대를 자기보다 낮게 보고 하대하고, 공과 사를 구분하지 못하는 사람이 많아서 그런 것 아니겠나. 그래서 피디가 방송을 떠나며 '솔직하게 말해줘서 고맙다'는 인사를 내게 한 것 아니겠나. 당연한 일을 했음에도 그게 고맙게 느껴지는 세상이되어버리지 않았느냐는 이야기다. 그래서 언젠가부터 메일에 답장을 보낼 때면 맨 아래에 달아놓는 문구가 있다.

"제 말에 숨은 뜻이나 복선은 없으며 있는 그대로 알아들으시면 됩니다."

아무튼 다시 저녁식사 자리로 돌아가서, 누군가에게 '솔직한 사람'으로 남는 건 역시 기분 좋은 일이다. 저녁을 먹고 나오며 그에게 말했다.

"어차피 앞으로도 계속 볼 테니까 너무 진지한 이별은 안 하는 걸로 하시죠. 지난 6개월은 저에게도 좋은 기억이었습니다. 전 안 좋으면 좋다고 말 못하는 사람인 거 아시죠…"

하지만 솔직함에도 균형의 묘가 있는 법. 이 복잡하고 상처 받기 쉬운 세상에서 최대한 '나 자신'으로 살면서, 다른 사람에게 무례하지 않으며, 내가 원하는 것도 성취하는 삶이란 역시 어려운 것이다. 아무리 생각해봐도 확실히 고난도. 이 균형을 매순간 잡아내려 노력하는 일이 아무래도 앞으로의 삶에서 중요한 목표 중 하나가 될 것 같다. 그런 예감이 든다.

거절과
리스펙트

—

(1) 강연 제의가 왔다. 장소는 일산이었다. 140명이 들어가는 공간이고 원고료 포함해 강연료를 30만 원 준다고 했다. 일단, 알아듣든 말든 혼자 떠들고 갈 것 아니면 강연은 인원이 중요하다. 너무 많으면 집중도도 떨어지고 진행이 어려워진다. 고로 인원이 많으면 강연료도 더 많아야 한다고 생각한다. 그러나 이 제안은 평소보다 적은 강연료로 평소보다 과도하게 많은 인원을 정해놓았다. '원고료 포함'이라는 조건도 걸렸다. 관련 서류를 보관하기 위함인지 이따금 강연에 관한 원고를 따로 요청할 때가 있는데, 난 이게 참 못마땅하다. 물론 새로 공들여 원고를 써서 줘야 하는 건 아니다. 그냥

형식적으로 자료를 보내주면 될 때가 대부분이다. 하지만 저 금액에 원고료 포함이라는 건, 그럼 내 강연의 가격은 얼마란 말인가. 그냥 한 번만 상대방 입장에서 생각해봤으면 좋겠다. 140명+일산+강의+원고=30만 원이라.

(2) '힙합 컬처 페스티벌'이라는 걸 준비하고 있다며 내게 강연을 요청해왔다. 첫 메일부터 유달리 강조하는 부분이 있었다.

> "예산이 부족한 점을 감안해주시고, 강연 때 작가님의 책을 진열해 판매할 수 있음을 고려해주시기 바랍니다."

마음에 걸렸지만 그래도 이런 페스티벌이 제대로 열리면 좋기에 빠르게 대답했고, 메일을 몇 번 주고받았다. 내가 생각보다 빠르게 피드백을 주니 그쪽에서도 기분이 좋았는지 적극적이고 친절하게 피드백을 해왔다. 이윽고 내가 요구하는 강연료를 말할 상황이 됐고, 난 최소한 **만 원은 되어야 할 것 같다고 말했다. 그 후로 몇 주가 지났지만 답장은 없다. 안 되면 안 된다는 답장을 주면 아무런 문제도 없을 텐데, 답장이 없다. 몇 주간 고민하고 있을 가능성도 있기야 하지만 아무튼 몇 주간 답장이 없다.

(3) 한국인이라면 이름만 들으면 누구나 알 만한 매체에서 연재 제안이 왔다. 전화 통화를 마치며 메일로 내용을 정리해 보내달라고 했다. 사실 난 통화를 하면서 이미 거의 할 마음을 먹고 있었다. 너무 이상하거나 나쁜 조건만 아니라면. 메일에는 연재 한 건당 원고료 10만 원이라고 적혀 있었다. 너무 이상하거나 나쁜 조건이 실제로 일어났습니다. 답장을 보냈다.

"제안 주셔서 감사합니다. 다만 원고 한 건당 원고료가 10만 원이라면 쓰기가 어렵습니다. 나쁜 의도가 없음을 당연히 알고 있지만 혹시 저를 대학생이나 아마추어로 착각하신 건 아닌지요? 물론 대학생이나 아마추어도 그 이상의 보상을 받아야 합니다. 또 제가 대단하거나 특별한 존재라고 생각해서 드리는 말씀도 아닙니다. 다만 서른 중반에 책을 열 권 냈고 기타 여러 이력이 있는 사람이라면 적어도 원고 한 건당 **만 원은 되어야 합리적이라고 생각해서 그렇습니다. 당황스럽지만 섣불리 나쁘게 판단하지 않으려고 노력하며 이렇게 답변을 드립니다."

답장은 없다.

　이렇게 쓰고 보니 내가 굉장히 칼 같은, 절대적인, 하나의 기준에 의거해 일하는 듯 보이지만 실은 꼭 그런 것만은 아니다. 나 역시 어떤 일에선 나의 노동을 1회 제공하는 조건으로 누군가의 노동 1회를 맞교환하자고 요청하기도 하고, 대부분이 하지 않을 것 같은 일이라도 재미있어 보인다는 이유로 하기도 한다. 어떤 때는 예전의 좋은 인연에 대한 기억으로 봉사에 가까운 일을 할 때도 있으며, '돈은 아무래도 좋아. 이 일에는 나의 순정을 전부 바친다' 모드로 하는 일도 있다. 또 다른 사람들은 보통 지방 강연을 꺼리는 것 같지만 지금의 나에게는 오히려 그것이 메리트로 작용한다. 따로 시간을 내 여행을 위한 여행을 가지 않기 때문에 지방에 강연을 가면서 겸사겸사 여행도 하는 편이 좋기 때문이다. 즉 나 역시 일을 고르고 받아들일 때 의미, 재미, 돈, 명예, 친분, 그 밖에 나의 특수성이 반영된 상황이나 기호를 감안한다. 이 모든 것이 매번 복합적으로 작용한다.

　그냥, 문득 이런 상상을 해본다. 내 강연을 140명이나 되는 사람에게 꼭 들려주고 싶은 이유가 혹시라도 있었다면 그것이 무엇인지, 나를 힙합 컬처 페스티벌의 강연자로 섭외한 이유에 내 책의 내용은 어느 부분이 어떻게 작용했는지, 내가 아니면 안 되는 이유까지는 아니라도 적은 원고료에도 불구하고 나에게 연재를 청탁해야만 했던 이유는 무엇이었는지, 혹시 그들이 나에게 그 이유들을 말해주었다면 상황은 달라졌을지도 모른다. 물론 요즘 같은 세상에 무리한 상상일 수도 있다. 그러나 여전히 누군가는 이런 이유들에 의해 움직이고, 이런 이유들로 잠시 돈이나 조건을 잊는다. 당연히 돈이나 조건을 제대로 제공하는 것이 가장 좋기는 하다. 하지만 안타깝게도 그건 담당자 개인의 능력이나 권한을 자주 벗어난다. 그렇다면 그들이 할 수 있는 건 당신이 어떤 사람이고 어떤 일을 해왔는지 알기 위해 노력했다는 몇 마디의 말, 그리고 당신이 이 일에 왜 필요한지 설득력 있게 써놓은 몇 줄의 문장이 아닐까. 돈이나 조건 따위는 자연스럽게 잊게 만드는, 마음을 움직이는 말.

그런 걸 힙합에서는 '리스펙트'라고도 한다. 래퍼 제이다키스Jadakiss의 가사에는 이런 구절도 있다.

리스펙트가 먼저고, 돈 얘기는 그다음이야. 기본이지

(Respect first, then money - basic shit)

며칠 전 내가 하는 프로젝트에 어떤 래퍼를 섭외했다. 요즘 한창 티브이에 나오는 래퍼다. 나는 이 프로젝트에 그가 왜 필요한지 설명했고, 그가 쌓은 커리어 가운데 어떤 부분들을 내가 리스펙트하는지 말해주었다. 돌아온 그의 대답은 뜻밖이었다.

"인정해주셔서 감사해요. 항상 목말라 있었는데…"

그는 내 프로젝트에 함께 하기로 했다.

참고로 이 글의 제목은 공일오비의 노래 〈수필과 자동차〉를 듣다가 정했다.

부정적인
에너지는
거부
—

누군가의 성취를 내가 계속 의식하고 있다면, 또 누군가가 해내는 일에 내가 계속 불편함을 느끼고 있다면, 그건 바로 내가 지고 있다는 뜻이다. 물론 누군가를 꼭 이길 필요도 없고 승패가 삶의 전부도 아니다. 그러나 상대방을 깎아내리며 정신승리할 시간에 하루라도 빨리 자기객관화를 정확하게 한 후 무엇이라도 시작하는 편이 낫다.

게으르게 사는 건 잘못이 아니다. 술 마시는 것도 죄가 될 수 없다. 하지만 게으르게 살고 술을 끼고 살면서, 부지런히 무언가를 해내는 사람을 욕하고 깎아내리는 건 잘못이다. 나는 어느 분야에서든 그런 사람을 꽤 많이 봐왔고, 그런 사람이야말로 나와는 절대로 친구가 될 수 없는 사람이다. 여긴 No 시기 Zone, No 질투 Zone, No 남탓 Zone. 대신에 보여주고 증명하는 사람들의 구역이고, 일희일비하지 않고 긴 인내심으로 무언가를 이뤄가는 사람들의 구역이다.

늘 하는 말을 또 할 수밖에 없다.

(1) 아이디어를 내는 것 〈 넘사벽 〈 (2) 실제로 (한 번) 하는 것
〈 넘사벽 〈 (3) 꾸준히 하는 것

하지만 (1)도 제대로 못하는 사람들이 (3)을 하고 있는 사람을 욕하고 깎아내리는 경우가 너무 많다. 인간적인 관점에서야 충분히 이해는 할 수 있지만 그래도 역시 말을 섞고 싶은 생각은 들지 않는다. 너의 부정적인 에너지는 거부.

저
걱정하지
마세요

종합소득세 신고 덕분에 알게 된 내 작년 연봉을 보니 문득
나를 걱정해주던 몇몇 사람이 떠오른다.

"넌 돈은 잘 못 벌어도 하고 싶은 거 하며 살아서 좋겠다."
"힘드시죠? 그래도 의미 있는 일 하시잖아요."

대략 이런 뉘앙스의 말들이었다. 직장에 다니는 그들은 나의
'자유'를 부러워했다. 하지만 진심으로 부러워하진 않았다.
그들의 말 속엔 '네가 나보다 자유로운 건 맞지만 그래도 난
너보다 돈을 더 잘 버니까 괜찮아' 같은 자기위안의 뉘앙스

가 늘 담겨 있었다.

문제는, 그들의 말이 사실도 아니라는 점이다. 내 연봉의 절반도 안 될 것 같은 사람들이 오히려 나를 걱정하고 위로해주었다니. 당신이 그 회사를 앞으로 몇 년은 더 다녀야 내가 번 돈을 벌어. 알아? 솔직히 난 이미 이 사실을 알고 있었다. 하지만 그들에게 악의 같은 건 없다는 걸 알기에 별다른 대꾸 없이 넘기곤 했다. 또 그들이 나를 걱정하는 마음, 그 원형질에는 고마움을 가지고 있기도 하다. 당연히 그들을 미워하지도 않는다.

나는 지금 자존심에 대한 이야기를 하려는 것도 아니고, 으스대려는 것도 아니다. 다만 누군가를 사회 통념에 의거해 보이는 것만으로 멋대로 규정하는 행동, 그리고 타인을 향한 '내리걱정'을 연료 삼아 스스로의 삶에 양분을 붓는 어떤 행동양식에 대해 말하고 있다. 나는 누구도 함부로 내 멋대로 규정하고 판단하지 않으려고 하지만, 상대방이 그렇게 나온다면 나 역시 인간인지라 비슷한 방식으로 돌려주고 싶은 마음이 어쩔 수 없이 생긴다.

물론 제대로 실행에 옮긴 적은 없다. '하고 싶은 일, 한국에 없던 새로운 일을 하면서 당신보다 돈도 많이 벌어요'라고 하고 싶었지만 참은 적도 있고, 차가 없는 나를 미묘하게 폄하하던 어떤 이에게는 '지금 네가 모는 차의 몇 배가 되는 돈을 난 LP에 쏟아부었어'라고 말하려다 그냥 넘긴 적도 있다.

써놓고 보니 내가 온갖 심한 고초와 역경을 겪은 후 울분을 토하는 듯 보이지만 실은 그렇지는 않다. 다만 나를 향한 '자의적 판단'과 '걱정을 가장한 자기위안'들이 주는 미묘한 불편함이 기억에 남았을 뿐이다. 애초에 이런 상황을 겪지 않기 위해 관심도 없는 차를 한 대 사거나 흥미도 없는 비싼 시계를 차고 다녀야 하나 생각도 했었지만, 그냥 앞으로도 내 멋대로 하고 다니기로 했다. 사회 통념이든 뭐든 간에 앞으로도 내가 하고 싶은 일을 하고, 내가 쓰고 싶은 데 돈을 쓰기로 했다.

내년에도 내 삶은 더 나아지리라고 믿는다. 늘 긍정적인 태도로, 시기와 미움 같은 부정적인 에너지는 멀리하고, 성실하게 살면서 남이 가지 않은 길을 개척하고, 동시에 늘 '균형' 감각을 잃지 않는 그런 내가 되기를. 아멘.

이분법은
거부
—

"너 이 사람이랑 친구야?"

"너 이 사람이랑 알고 지내?"

"너 이 사람 팔로우해?"

"너 이 방송 들어?"

'옳은 사람'들이 가하는 수많은 '폭력'들.

"너도 똑같네."

"좋아했는데 실망이에요."

"알고 보니 무개념이네."

단적으로, 누군가를 팔로우하는 데는 한 가지 이유만 있는 게 아니다. 동의하는 가치관이 많은 순서대로 팔로우하는 것도 아니고, 심지어 별로 안 좋아하는데 팔로우는 할 수도 있다. 그 외 여러 이유와 상황과 사정이 있다. 만약 실제로 그 사람과 친한 친구 사이라도 결론은 상당한 고민을 필요로 한다.

'배신당했다'거나 '뒤통수 맞았다'는 말을 자주 하는 사람을 신뢰하지 않는 편이다. 특정한 누군가가 매번 일방적으로 피해자가 되는 삶이 존재할 확률은 극히 적다. 관계란 '늘 자신이 피해당사자인 이분법'으로는 온전히 재단할 수 없다.

마찬가지로, '다른 여지'나 '다양한 가능성'에 대한 최소한의 고민 없이 '원론적인 옳음'만 내세워 타인을 단죄하는 이분법에 갇힌 사람도 신뢰하지 않는다. 고민에 시간과 에너지가 소모되더라도, 설령 그 고민의 결과가 자신이 미리 정해놓은 이분법의 도식에 들어맞지 않더라도, 그 오류의 찝찝함을 늘 각오하며 수용할 수 있는 태도로 사는 사람을 나는 신뢰한다. 나 역시 그런 사람이 되려고 노력중이다.

국적보단
취향

2018년 여름, 월드컵 시즌이 돌아왔다. 기대하지도, 기다리지도 않았던 계절이 다시 왔다. 그나마 예년에 비해 올해는 열기가 많이 떨어져 보인다. 16강 진출에 관한 비관적 전망 때문일까, 지난 몇 번의 대회를 통틀어 가장 덜 소란한 월드컵 같기도 하다. 물론 한국대표팀이 못하길 바라진 않는다. 이왕 하는 것이라면 못하기보단 당연히 잘하길 바란다. 하지만 그보다 더 중요한 사실이 있다. 한국대표팀이 잘하든 못하든 나와는 크게 상관없다는 사실이다.

축구를 폄하하는 것도, 축구선수를 폄하하는 것도, 축구팬을 폄하하는 것도 아니다. 다만 한국대표팀 선수들과 내가 우연히 같은 '한국인'으로 태어났다는 이유로 월드컵에 관심을 갖고 응원해야 한다는 당위와 강박에서 자유롭고 싶을 뿐이다.

어제 나는 손흥민의 골과 내 삶이 어떤 관계가 있는지 곰곰이 생각해봤다. 그전에는 정현의 선전과 내 삶의 관계에 대해 생각했고, 그전에는 박항서 감독과 내 삶의 관계에 대해 생각했다. 당연히 그전에는 김연아와 하인스 워드[Hines Ward], 박찬호가 있었다. 축구, 테니스, 피겨스케이팅, 미식축구, 야구 중 어느 것의 팬도 아닌 나의 삶은 사실상 그들과 아무런 관계가 없다. 그들의 승리가 곧 나의 승리라는 누군가의 말은 거짓이다.

"한국 사람이면 당연히 관심을 갖고 응원해야지! 넌 애국심도 없니?"

나무라는 그에게 나는 이렇게 말했다.

"사람들이 국적이 아니라 취향과 기호로 연대하고 감정이입하면 좋겠어."

그렇기 때문에 NBA 선수 케빈 듀란트^{Kevin Durant}의 우승은 곧 나의 우승이고, 래퍼 프로디지^{Prodigy}의 죽음은 곧 나의 죽음이다. 만일 내가 월드컵을 보게 된다면 한국이 아닌 다른 나라를 응원할지도 모르겠다. 그들의 플레이가 한국의 것보다 나의 취향과 기호를 더 자극한다면 말이다.

물론 난 여전히 한국인이다. 앞으로도 국적을 바꿀 생각은 없다. 하지만 무언가와 나의 삶을 연결할 때, 그 최우선엔 앞으로도 국적이 아니라 취향과 기호가 있을 것이다.

날씬한
다리 +30,
눈 확대 +20
—

얼굴과 몸매를 보정하는 사진 앱은 이제 새로운 국면에 들어선 듯하다. 모두가 자신의 다리 길이를 늘인 후 사진을 올리지만 모두가 그 사실을 알고 있다. 피부 미백도 마찬가지다. 그 과도함은 누구도 그 사진 속 모습이 그 사람의 실제 피부라고 믿지 않게 만든다. 어떤 때는 너무 하얗다 못해 투명해서 얼굴이 없는 것 같다. 이런 적은 S.E.S.의 〈I'm Your Girl〉 뮤직비디오 이후로 처음이다.

보정 자체에 반대하는 건 아니다. 또 개개인을 나무라는 것도 아니다. 이 글에 그런 의도는 전혀 없다고 봐도 좋다. 사람이라면 누구나 좋은 모습을 보이고 싶은 욕구가 있기 마련이다. 또 어떤 때는 사진을 찍을 당시의 시각적 상황이나 조건 때문에 사진이 실물보다 나쁘게 나오거나 아예 다르게 나오기도 한다. 이럴 때 보정은 필수라면 필수다.

하지만 오늘날의 보정은 그런 차원을 넘어섰고, 아예 다른 영역으로 이동한 느낌이다. 실은 이미 그렇게 된 지 오래되었는데 내가 뒷북을 치고 있다. 농담이 아니고, 아니 사실 반쯤 농담이지만, 보정 후의 그 기이한 신체는 '왜곡'이라는 면에서 피카소의 큐비즘과 그리 다를 바도 없다. 10등신에 육박하는 그 모습들은 적어도 나에게는 그렇게 다가온다. 《캡틴 츠바사》의 작가가 한동안 모든 캐릭터를 그렇게 그려서 욕먹은 적이 있다. 만화에 등장하는 사람들이 막 죄다 10등신.

사진 속의 모습이 그 사람의 실제 모습과 너무도 다름을 알면서도 '좋아요'를 누르고 칭찬 댓글을 다는 풍경. 스스로도 자신의 실제 모습이 사진 속 모습과 다름을 알면서도 굳이 그 사진을 올리며 '#셀기꾼'이라는 태그를 다는 풍경. "사람들이 알아차리지 못하게 이렇게 속이세요"라고 말하던 보정 앱이 이제는 이렇게 속삭인다.

"자, 사실 사람들도 다 알아요. 그러니까 이왕 이렇게 된 거 서로 속아주면서 좋아해주자고요. 이게 현실인지 가상인지, 이게 문제인지 아닌지는 모르겠지만 그냥 이 세계에서 서로 기분 좋으면 되잖아요?"

판타스틱
남자 4

—

내가 유시민은 아니지만 나도 글쓰기 강의를 한다. 좋은 문장
이란 내가 늘 가장 먼저 가지고 싶은 것이다. 오늘도 강의를
끝낸 후 수강생들과 맥주를 마셨다. 강의실 바로 밑에 24시
간 카페가 생겼기에 한번 가봤다. 커피도 팔고 술도 파는 곳
이었다. 오늘은 치킨이 먹고 싶지 않았다. 자리에 앉아 어색
한 분위기를 나의 굿유머로 녹인 뒤 여자 수강생들의 눈치를
봤다. 열두 시가 넘어가자 여자들이 모두 갔고, 마음이 편해
진 나는 남자들과 남자끼리 두 시간 넘게 더 떠들었다.

　교직원인 남자1은 글재주가 있었다. 어휘가 다양하고 표
현력이 좋았다. 그의 글을 읽은 뒤 나는 허클베리핀의 새 싱

글을 들어보고 싶어졌다. 아니나 다를까 그는 원래 음반회사에서 일하던 사람이었다. 하지만 사정상 지금의 일을 하게 됐고, 결국은 다시 음악 일로 돌아가는 것이 목표라고 했다. 이 말을 할 때 그의 눈이 가장 빛났다.

디자이너이자 기독교인인 남자2는 나에 대해 많은 걸 물어봤다. 나라는 사람이 어떤 사람인지 알아야 더 좋은 수업이 될 것 같다고 말했다. 그래서 나는 얼마 전 11,000원 결제를 하고 검사해본 황상민 교수의 WPI 결과에 의거해 내가 파악한 나에 대해 말해주었고, 더불어 어떤 사람이 나에게 화를 냈던 일화도 이야기해주었다. 그는 자신이 세월호 전까지는 맹목적으로 하나님을 믿었으나 세월호 이후로는 교회에 정이 떨어졌다고 했다. 세월호는 절대 하나님의 뜻이 아닌데, 교회에서는 자꾸 세월호가 하나님의 메시지라고 말하는 게 괴롭다고 했다. 덧붙여 세월호는 자기 인생에서 매우 중요한 사건이라고 했다.

40대 후반의 목사인 남자3은 내가 태어나서 직접 만나본 기독교인 가운데 가장 믿을 만한 사람이었다. 그는 각각의 종교가 공존하는 세상, '예수불신이 곧 지옥으로 떨어짐'을 의미하는 것이 아님을 많은 기독교인이 깨닫게 되는 세상을 꿈꾼다고 했다. 그는 한국의 기독교가 사람들의 엄청난 불신을 받는 상황에 절박한 위기의식을 느끼고 있었다. 솔직히 나는 이런 기독교인은 처음 만나봤다. 이런 사람은 한국에 존재하지 않을 줄 알았다. 그는 자신과 같은 가치관을 공유하고 있는 사람이 850만 한국 기독교인 중에서 아마 5만 명 정도 될 것이라고 했다.

이런저런 주제를 떠돌다 결국 이야기는 '합리적 개인주의자'들이 어서 빨리 많아져야 하며 그들의 '연대'가 희망이라는 것으로 마무리됐다. 자리에서 일어나며 우리는, 우리가 두 시간 넘게 여자 얘기를 단 한마디도 하지 않았다는 사실을 알아차렸고, 우리의 이 영웅적 면모에 그만 우리 스스로 놀라버렸다. 영웅은 예상하지 못한 순간에 탄생하고, 역사는 늘 진보한다.

가게를 나와 신뢰의 악수를 나눈 후, 신촌을 지나 연트럴파크로 걸어왔다. 때마침 눈이 내렸다. 쌓이는 눈송이를 보며 내일 불편하겠다는 생각보다 신난다는 느낌이 먼저 들었다. 다행이라고 생각했다.

크리스마스 분쇄!

다음은 2015년 12월 19일, 연합뉴스에 올라온 기사다.

크리스마스를 쓸쓸히 홀로 보내야 하는 일본의 독신남들이 분
노에 찬 집회를 벌였다. '혁명적 비인기 동맹革命的非モテ同盟'이라는
단체에 속한 남성 20여 명은 19일 일본 도쿄 시부야 거리에서
"크리스마스 분쇄! 연애 자본주의 반대!" 등의 구호를 외치며
시가행진을 했다.

이들은 "크리스마스는 자본주의의 음모이며 독신자를 차별한
다. 이 세상에서 돈은 사랑에 빠진 사람들로부터 빠져나가고,
행복한 사람들이 자본주의를 지지한다"며 크리스마스 분위기

를 만끽하는 연인·가족 쇼핑객들 옆을 행진했다. 상업화된 크리스마스에 대한 반감은 물론 '사랑받지 못하는 남성'에 대한 지지도 집회의 주요 주제였다. 실명을 밝히지 않은 이 단체의 대표는 "여자친구가 없거나 결혼하지 못한 인기 없는 남성은 무척 차별받는다. 우리는 이런 장벽을 부수고 싶다"고 AFP통신에 말했다.

이들은 지난 12일 홈페이지에 올린 집회 예고 글에서 '연애나 일에 충실한 사람'을 뜻하는 일본 신조어인 '리아쥬^{リア充}(리얼충)'에 대한 적개심을 드러내며 "리아쥬는 폭발하라!"는 등의 구호를 올렸다. 또 "거리에서 염장 지르는 것은 테러행위다. 테러와의 전쟁을 관철하자"며 공공장소에서 일어나는 연인들의 애정 표현에 대한 반감을 숨기지 않았다. 그러면서 "언론 취재 가능성이 있으니 출석이 드러나는 것이 좋지 않은 사람은 마스크나 선글라스 등을 지참하기 바란다"는 지침도 내렸다.

이 단체는 밸런타인데이 등 서양에서 들어온 기념일에 맞춰 반대시위를 전개해왔다. 일본에선 크리스마스가 공휴일은 아니지만 주로 연인들을 위한 낭만적인 날로 인식되며, 크리스마스 트리를 꾸미는 사람도 많다고 AFP는 전했다.

당연히(?) 웃음이 터지는 기사이긴 하지만 마냥 웃고 넘길 수만은 없다. 그렇다고 이 기사 속 남자들처럼 "크리스마스 분쇄!"까지 외칠 생각도 없다. 누군가가 크리스마스를 즐길 자유를 존중하기 때문이다. 크리스마스를 즐기는 것 자체가 타인에게 피해를 주는 일은 아니지 않나.

그러나 크리스마스를 즐길 자유가 있다면 크리스마스에 무심할 자유도 존중받아야 한다. 대세에 따르지 않는 사람에게, 자신의 타임라인대로 움직이는 사람에게 이 사회는 여전히 오지랖이 넓다. 나는 아직도 싸이의 신곡을 듣지 않았고, 〈응답하라 1988〉도 본 적 없다. 이유는 명확하다. 관심이 가지 않기 때문이다. 아무리 많은 사람이 보고 즐긴다 해도 나에게 관심 밖이면 소용이 없다.

하지만 '응팔'로 도배된 페이스북 타임라인을 보며 다른 사람을 탓하지도 않는다. 그것은 그들의 잘못이 아니라, 그냥 나에게 좀 '불운' 정도다. 어쩌다가 이번에는 다수가 좋아하는 것과 나의 기호가 불일치했을 뿐이고, 나는 이 시기를 그저 흘려보내면 될 따름이다. 그러다가 어떤 때는 또 내가 흥미 있는 글로 페이스북 타임라인이 가득 채워진다. 그냥, 그런 것이다.

다른 나라, 다른 사회는 잘 모르겠다. 그러나 적어도 한국 사회에는 더 많은 개인주의가 필요하다. 남이 무얼 하든 자기 잣대로만 판단하지 말 것. 함부로 끼어들지 말 것(물론 누군가가 쓰러져 있거나 위급하다면 당연히 끼어들어야 한다). 그리고 타인이 요청할 경우 조언과 도움은 주되 동정하거나 폄하하지 말 것.

나는 요즘 '합리적 개인주의자'에 대해 종종 생각한다. 또한 종교든 이념이든 세상 모든 것이 그 자체로 목적이 되는 대신 개인의 '행복'에 이바지하는 동기로 작용하는 세상을 상상한다. 크리스마스를 기념하는 것 자체가 중요한 게 아니다. 크리스마스를 즐기든 즐기지 않든 스스로 괜찮다면 되었다. 적어도 나는 아무렇지 않은데 남의 시선 때문에 불행해지는 일은 없어야 한다. 그리고 지금 이 글을 쓰는 연남동 카페 '아지토'에는 11월에 이미 캐럴이 가득 흘러나오고 있다.

**12월
31일**

—

12월 31일이다. 아무도 만나지 않은 채로 이 글을 쓴다. 누
구라도 만날 순 있었겠지만 그러지 않았다. 그러고 싶지 않
았다. 대신에 나와 진심으로 맺어진 사람들의 이름을 적어
보는 밤이다. 많지 않다. 그래도 이 정도면 다행이라는 생각
이 든다. 잘못 살진 않았다. 물론 일로만 엮인 관계나, 외로움
을 일시적으로 잊기 위한 관계도 오래갈 수는 있다고 생각한
다. 하지만 이럴 때 그 이름들은 신기하게도 생각나지 않는
다. 잠깐 스쳐가거나, 지속되긴 하지만 별 의미는 없는 관계
도 마찬가지다.

솔직히 어떤 새해 인사들에는 염증을 느끼기도 했다. 그

렇다고 모 아니면 도뿐이라거나, 해가 바뀌는 김에 겸사겸사 건네는 인사를 냉소적으로만 보는 건 아니다. 나는 기본적으로 그런 인사를 하는 사람들이 따뜻한 사람들이라고 생각한다. 하지만 습관적이고 관성적인 인사들은 에너지만 빼앗아 갈 뿐 마음의 교류를 도와주진 않는다. 물론 그들이 잘못한 것은 아니기에, 염증을 느껴서 미안한 마음이다.

새해에는 변덕스럽거나 부정적인 기운을 품은 사람들과의 관계를 더욱 끊을 생각이다. 그들이 내 삶에 영향을 미치게 하고 싶지 않다. 남자다운 척하는 사람들과의 관계도 마찬가지다. 형인 척하지 말고, 패거리 안에 속했다는 사실로부터 너무 심한 위안과 과시를 이끌어내지 말았으면 좋겠다. 이런 생각들은 시간이 갈수록 강해진다.

얼마 전 만난 모 뮤지션이 나를 너무너무너무 진지한 사람으로 알고 있어서 조금 놀랐다. 물론 난 진지한 사람이다. 하지만 좋은 유머를 구사하기 위해 늘 노력하고, 그걸 자주 꺼내는 사람이기도 하다. 그런가 하면 다른 어떤 사람은 나를 만날 농담하는 사람으로 알고 있다. 매사에 농담을 동반하는 태도를 사랑하기는 해도 나는 농담밖에 가진 게 없는 사람은 아니다.

아마 앞으로도 이럴 것이다. 누구에게도 100%의 온전한 나를 이해시킬 수는 없을 것이다. 평생 자잘한 오해와 마주하게 될 것이다. 전에는 그 오해들을 바로잡기 위해 안달하곤 했다. 하지만 편한 게 좋아진 건지, 더 성장한 건지 이제는 그러지 않는다. 다만, 그럴 때마다 굳이 설명할 필요 없는 사람 몇 명쯤은 곁에 두고 싶다.

혼자
—

혼자여서 편할 때가 있고
혼자라도 괜찮을 때가 있으며
혼자여야만 숨 쉴 수 있을 때가 있다.

때로는 둘이 되고 싶지만 어쩔 수 없이 혼자 있고
때로는 둘이나 여럿이 될 수 있는 기회를 스스로 거부하고 혼자로 남는다.

나는 늘 이 사이를 비집고 오간다.

혼자이기를 두려워해 집단 속에 숨은 사람을 꽤 잘 알아
채는 편이다.

섣불리 동정의 시선은 보내지 않는다.

누구나 그러진 않지만 누구도 그럴 수 있다.

음식이 필요할 때 나는 밥을 혼자 먹는다.

사람이 필요할 때 나는 밥을 함께 먹는다.

함께 밥을 먹을 때의 음식 맛을 아직 기억해본 적이 없다.

사람을 좋아하는 사람은 사교적인 사람인가 외로운 사람
인가.

혼자를 즐기는 사람은 어른스러운 사람인가 고독을 애써
견뎌내는 사람인가.

혼자에 대해 생각한다.

사랑과
연대의
시트콤

외로워야
산책이다

서른네 살에 처음으로 독립을 했다. 이 나이 먹고 이제야 부모 집에서 나왔다. 어쩌다보니 그렇게 됐다. 모두가 어쩌다보니 지금의 자신이 된다. 혼자 살기 시작한 동네는 연남동이다. 미디어는 '핫플레이스'라 부르고 엄마는 '전통적인 양반동네'라 부르는 곳. 홍대 번화가와 가깝지만 그 소란함에서는 벗어나 있는 곳. 그러나 살고 있는 많은 사람이 자기 집을 가지지 못한 곳. 이곳이 나의 동네다.

　나는 효율적인 걸 좋아한다. 사람의 시간과 에너지는 한정되어 있다. 홍대입구 2번 출구에서 집까지 오는 최단코스를 나는 안다. 그 코스는 큰길만의 총합도, 골목만의 총합도 아니다. 큰길과 골목과 대각선 도보와 무단횡단의 총합이다. 그러나 가끔 집으로 오는 길을 일부러 빙 돌아올 때가 있다. 산 책은 자주 꺼내서 읽지만 산책은 따로 안 하는 나에겐 이때야말로 산책 시간이다. 완벽을 기하기 위해 나는 전화를 건다.

"네? 라디오 원고마감이 한 시간 후라고요? 아이고, 이거 급하네."

조건이 갖춰졌다. 급할수록 돌아가자.

2번 출구로 나온 나는 떡볶이 노점 앞을 지난다. 이 집의 비밀은 이미 알고 있다. 떡볶이를 휘젓던 아주머니가 백세카레 가루를 넣는 걸 본 순간 나는 엉겁결에 〈백세인생〉을 흥얼거렸다. 그 아주머니는 이애란을 닮았다. 팩트체크 하시길. 3번 출구 쪽으로 가면 '연트럴파크'가 펼쳐진다. 나의 가장 주된 산책로 되겠다. 나는 아이팟을 꺼내 노래를 윤종신의 〈동네 한 바퀴〉로 바꾼다. 연트럴파크에서 나는 화를 내며 돌아서 가는 여자를 종종걸음으로 쫓아가본 적이 있다. 벤치에 앉아 하늘을 보면 그날의 영화가 상영된다. 스크린에 오가는 연인의 그림자가 진다. 아프니까 청춘은 아니지만 외로워야 산책이라고 다짐한다.

연트럴파크를 이겨내고 왼쪽으로 돌면 '멕시칸 치킨'이 있다. 그 어떤 체인점 치킨보다 힙한 곳. 프라이드를 시키면 양념소스를 공짜로 주는 곳. 전화를 걸어 "여기 농담 반 진담 반으로 가져다주세요"라고 해도 허허 웃어넘길 것 같은 선한 아저씨가 주인인 곳. 이곳을 지날 때마다 나는 이아립의 〈서라벌 호프〉를 나도 모르게 흥얼거린다. 동네마다 하나씩은 있는 호프집. 허름하지만 그래서 끌리는 호프집. 이아립의 서라벌 호프가 나에게는 멕시칸 치킨이다. 나는 나를 이해하는 사람들과 이곳에서 우정의 말을 두세 번 주고받은 적이 있다. "연남의 꿈은, 우리의 꿈은, 이제 시작이다." 다 왔다. 길 하나만 건너면 집 앞이다.

나조차도 몰랐던 사실이 있다. 나는 왜 가끔 일부러 돌아서 집에 오는 걸까. 나의 이 산책 시간은 때때로 뭉클하지만 그보다 자주 외롭다. 어떨 때는 자해를 하는 느낌마저 든다. 하지만 이 철저하고 정확한 고독의 시간 속에서, 비로소 나는 유일하게 나와 온전히 마주하고 나와 상의한다. 얄팍한 외로움에 흔들려 내가 완성되는 순간을 포기하고 싶지 않다. 이어폰을 고쳐 꽂고 길을 걷는다. 철저하게 외로웠기 때문에 완성될 수 있었던, 이 노래들.

이해심과 무관심
—

이승환의 음악을 동시대에 듣기 시작한 건 그의 네 번째 앨범 《Human》부터였다. 1995년이었으니 국민학교 6학년 때다. 한글프로그램의 자동완성 기능은 국민학교를 초등학교로 친절하게 고쳐주었지만 나 역시 친절하게 한글의 얼굴 앞에 가운뎃손가락을 내밀며 원래대로 고쳐주었다. 나한텐 영원히 국민학곤데? 내 추억 함부로 빼앗지 말아줄래? 아무튼 동네 음반가게에서 《Human》 카세트테이프를 사가지고 오던 길은 아직도 기억이 난다. 그때 난 어리고 모르는 게 많았지만, 이승환의 발라드가 좋다는 사실은 알았다. 사운드는 또 어쩌나 있어 보이던지. 참고로 이 앨범부터 이승환은 사운드에 엄청난 투자를 하기 시작했다.

이승환을 처음이자 마지막으로 실제로 만난 건 4년 전쯤이다. 그는 2014년 3월 26일에 11집《FALL TO FLY 前》을 발표했고, 그로부터 일주일 후 나는 여덟 번째 단행본을 출간했다. 그래서 한동안 새 책을 몇 권씩 가방에 넣고 다녔다. 혹시라도 책을 줘야 할 사람을 우연히 만나면 가방에서 바로 꺼내주기 위해서였다.

볕이 좋았던 어느 날, 나는 여느 때처럼 상수동 '이리카페'에 앉아 멍하니 창문 밖을 보고 있었다. 재한테 말 걸어볼까? 지금 바로 밥이나 먹으러 가자고 해보자. 약속 있다고 하면 나도 엄마랑 약속 있는 거 깜빡했다고 해야지. 그런데 그 순간, 이승환이 내 앞을 지나갔다. 헐. 알고 보니 그는 이 골목에서 신곡 〈화양연화〉 뮤직비디오를 촬영하고 있었다. 나는 그와 일면식도 없었지만 무작정 그에게 다가갔다. 그러고는 나의 책을 선물한 후 함께 사진을 찍었다. 인스타그램에 올린 그 사진은 좋아요를 100개 가까이 받았다.

마침, 이 글을 쓰는 당일, 이승환의 노래를 오랜만에 들었다. 많은 이가 글의 전개를 위해 이런 말을 적당히 지어서 하지만 이건 정말 팩트다. 난 늘 #FACT로 가는 사람이니까. 갑자기 듣고 싶어진 노래는 〈다만〉이었고 그중 한 구절이 내 마음에 박혔다.

너무 많은 이해심은 무관심일 수도 있지

대박. 다시 한 번 플레이.

너무 많은 이해심은 무관심일 수도 있지

하! 어릴 땐 이 구절을 왜 몰라봤을까? 난 그때 전교에서 공부를 제일 잘했는데. 이제 "왜 슬픈 예감은 틀린 적이 없나"와는 작별하자. 틀린 적 많다. 대신에 이승환 최고의 가사는 이것이다.

아마 이 구절은 앞으로의 내 삶을 바꾸어놓을 것 같다. 신청해놓았던 혜민 스님의 강좌를 방금 막 취소했다. 음악에 이런 힘이 있었나? 이래서 음악이 국가가 유일하게 허락한 합법적인 마약인 건가?

"너무 많은 이해심은 무관심일 수도 있지" 이 구절 덕분에 깨달을 수 있었다. 나에게 늘 친절하고 상냥하며 예의바른 여자들을 내가 별로 안 좋아했던 이유를. 나에게 얼굴 한 번 찡그리지 않고 늘 미소로 대해주지만, 실은 나의 그 어떤 비밀도 궁금해하지 않았던 그녀들의 실체를 말이다. 내가 뭘 하더라도 이해한다고? 기분 나빴던 적 없으니까 걱정하지 말라고? 왜 날 좋아하지 않아. 더불어 작은 일에도 늘 크게 웃는 여자와 같이 있는 게 늘 외로웠던 이유도 이제는 알겠다. 작은 일에는 작게 웃어도 되니, 나의 일에만 크게 웃는, 때로는 싫은 소리도 하고 화도 내는 여자, 난 그런 여자가 좋더라. 김치볶음밥은 내가 만들 테니까.

사실 가로수길에는 몇 번 가본 적이 없다. 더 정확히 말하면 몇 년 전 잠시 어떤 공연장의 기획팀에서 일하던 때를 제외하곤 강남이라고 불리는 지역에 자주 드나든 적이 없다. 사람들이 흔히 말하는 '강남'이란 왠지 정을 주기 싫은 곳이다. 허세라고 해도 할 수 없다. 나는 자주 허세로 삶을 견딘다.

　그런 내가 가로수길을 뻔질나게 드나들기 시작한 건 순전히 여자친구 때문이었다. 여자친구는 '쿤 위드 어 뷰'라는 편집숍에서 아르바이트를 했다. 당시 나는 그녀가 강용석 팬클럽 회장이라고 해도 받아들일 수 있을 정도로 그녀에게 빠져 있었다. 그녀는 흔히 말하는 스트리트 패션 룩을 즐겨 입었고, 그녀가 일하는 공간 역시 3층의 스트리트 매장이었다.

사실 나는 편집숍이라는 곳을 그리 좋아하지 않는다. 남의 판단으로 한 번 거른 물건 중에서 구입할 물건을 고른다는 것이 내게는 그리 유쾌한 일이 아니다. 컴필레이션 앨범을 안 듣는 것과 비슷하다면 비슷하다. 그럼에도 나는 순전히 그녀를 보러 쿤에 일주일에 5회씩 갔다. DSLR을 목에 건 채로 진열된 신발과 가방을 애지중지하는 그녀의 모습은 늘 사랑스러웠다. 머리에는 '꼼데꽉다운' 스냅백이 45도 각도로 걸린 채였다.

하지만 얼마 못 가 그녀와 헤어지고 말았다. 이유는 간단했다. 나는 쿤에 갈 때마다 물건을 하나씩 사야 했다. 그리고 산 물건은 당연히 그녀의 품에 바치는 조공이 되었다. 일주일에 다섯 번씩 '칼하트'의 각종 의류를 돌아가면서 구입한다고 생각해보라. 내가 빈지노도 아닌데 왜 비싼 칼하트를 계속 사야 하나. 그녀는 자기는 학생이고 나는 돈을 벌기 때문에 선물을 받는 걸 당연히 여겼고, 덕분에 나는 산와머니의 힘을 빌려야 했다. 러시앤캐시를 택하지 않은 건 산와머니의 광고 송을 듣다 울어버린 적이 있기 때문이다. 하루는 결국 못 참고 이별을 고했다. 카페를 뛰쳐나온 후 카톡 상태

메시지를 '다시 혼자…'로 바꿨다.

스트리트 그녀와 헤어진 후 나는 제법 많은 여자를 만났다. 나는 이 시대가 요구하는 보편적인 훈남과는 거리가 멀었기 때문에 늘 내 뇌가 얼마나 섹시한지를 최대한 포장해야했다. 주로 이승기 같은 타입을 끔찍이도 싫어하는 여자들이 고맙게도 나를 좋아해주었다. 내가 지금까지 생존할 수 있었던 건 마니아 성향의 그녀들 덕분이다.

다음으로 만난 여자는 강남 부자의 셋째 딸이었다. 최진사는 아니다. 그녀는 30억 원을 호가하는 '자이' 아파트에 살았다. 방마다 화장실이 따로 있는 건 처음 봤다. 그녀는 전형적인 강남스타일이었고 당연히 쿤도 알고 있었다. 하루는 그녀와 쿤에 갔는데 그날이 우리의 끝이 되고 말았다. 나는 4층 아웃렛 매장에 들어가 맘에 드는 워커 하나를 발견했다. 60% 세일을 한다는 직원의 말에 자신 있게 가격을 물어봤지만 돌아온 대답은 29만 원이었다. 원래 가격은 60만 원이 넘는다는 말이었다. 잠시 현기증이 난 나는 일단 그가 전두환이 아님을 확인한 뒤 다음에 오겠다고 말하며 도망치듯 매장을 빠져나왔다. 그리고 내 의지와는 무관하게 그녀의 마음속에서도 나는 빠져나왔다.

이별의 후유증을 몇 개월간 과소비로 버틴 뒤 새로운 여자를 만났다. 그녀는 내가 가장 사랑한 여자였다. 단언하건대 나는 앞으로 그녀보다 안정적이고 헌신적인 여자는 얼마든지 만날 수 있겠지만, 그녀보다 사랑스러운 여자는 영원히 만날 수 없을 것이다. 이것이 그녀를 힘들게 한 대가로 내게 내려진 지옥의 형벌이다. 나는 성욕과 무관하게, 한 여자와 나란히 길을 걷는 것만으로도 신체의 변화가 일어날 수 있음을 그녀로 인해 처음으로 깨달았다. 비록 그럴 때마다 조갑제나 김동길을 떠올리며 신체의 복원을 도모해야 했지만, 동시에 누군가를 진정으로 좋아하는 마음을 가질 수 있는 내가 자랑스러웠다.

그런 그녀와 쿤에 갔던 건 내 인생의 두 번째 실수였다. 첫 번째는 그다음 날 새벽 두 시에 그녀에게 "자니…윤?"이라고 문자를 보냈던 것이다(알고 보니 그녀는 자니윤은 물론 서세원도 몰랐다). 그녀에게 비싼 무언가를 사주고 싶은 마음에 쿤의 이곳저곳을 구경시켜주었지만 그녀는 어쩐지 내내 지루해했다. 아무리 비싸고 예쁜 것도 마음에 들지 않는 모양이었다. 사실 그녀는 주로 할머니들이 다니는 동네 구제숍에서 아무도 안 입는 옷을 3000원에 건져 자기만의 스타일로

소화해내는 걸 즐겼다. 그런 그녀의 소박함이 사랑스러웠지만 한편으로는 (오만하게도) 안타까웠다. 아무것도 사지 않겠다는 그녀를 나는 그만 다그치고 말았고, 그 자리에서 우리는 대판 싸운 뒤 모르는 사이가 되었다. 이제 산와머니의 힘을 빌리지 않아도 되는데 그런 것 따윈 아무래도 상관없었다.

그 후 여러 명의 여자를 짧게 만났다. 솔직히 그냥 영혼 없이 만났다. 경미한 편집증 증세가 있던 여자는 편집숍의 편집이 그 편집이 아니라고 아무리 설명해주어도 편집증 증세를 보이며 나를 괴롭게 했고, 시를 쓰던 어린 여자는 쿤에 같이 가 옷을 구경하다가도 시상이 떠오른다며 멋대로 집에 가버리곤 했다(그러고는 패션에 대한 시로 등단했다). 중국 여자를 만난 적도 있는데, 그녀는 쿤에 가고 싶은 날이면 늘 나에게 '庫恩充電像雜草'라는 문자를 보냈다. 쿤 위드 어 뷰를 중국어(번체)로 번역한 것이었다. 하지만 나는 고등학교 때 한문 선생이 공부 안 할 거면 배추장사나 하라고 했던 말을 아직도 기억하고 있기 때문에, 한자를 자주 쓰던 그녀를 오래 만날 수 없었다. 그 밖에도 노래방 사장, 이종격투기 선수, 요리 전문가, 채식주의자, 잡지 에디터 등을 만났다.

한동안 가로수길을 피해 다니다 어제 오랜만에 쿤에 들

렀다. 여느 때처럼 잔뜩 구경만 하고 나와 가로수길을 걷고 있는데 누가 부르는 소리가 들렸다. 뒤돌아보니 거리에 수많은 그녀들이 가득했다. 스트리트 그녀는 신발 박스를 3개나 들고 내게 손을 흔들어댔고, 강남 그녀는 여전히 나를 한심하다는 듯이 바라보았다. 사랑스러운 그녀는 자니윤 쇼의 뮤즈가 되어 있었고, 중국 그녀는 한국말을 배워 귀화한 채였다. 역시 성시경의 〈거리에서〉는 참 좋은 노래다.

*이 글은 의심의 여지 없이 모두 허구다.

Life
Is
Good
—

느지막이 일어났다. 원고마감 때문에 아침 여덟 시에 잔 결과다. 하지만 걸려오는 전화들엔 아침 여덟 시에 일어나 굉장히 오래 깨어 있던 것처럼 굴었다. 상대방이 알아차렸다 해도 상관없다. 난 신경 쓰지 않으니까.

몇 가지 일을 처리하다가 저녁 약속을 위해 왕십리로 출발했다. 홍대에서 왕십리까지 지하철로 25분밖에 안 걸린다는 사실을 깨달은 순간, 서울을 조금 더 누비고 다녀야겠다고 생각했다. 난 서울에서 태어나 여태껏 살고 있지만 아직 남산에 가본 적이 없다. 만약 독일에서 태어나 줄곧 살고 있지만 서울에 관광을 와 남산에서 케이블카를 탄 후 기념사진을 인스타그램에 올려 좋아요 103개를 받은 독일인 카를 하인츠 슈나이더라는 사람이 존재한다고 해보자. 과연 난 서울시민이라는 이름으로 슈나이더 앞에 당당할 수 있을까?

왕십리에 도착한 순간 내가 가장 먼저 한 일은 아이폰 캘린더를 열어 지금이 1959년이 아님을 확인하는 것이었다. 몇 년 만에 통골뱅이를 먹었고 주먹고기도 먹었다. 자정이 가까워오자 원고마감 때문에 먼저 일어나겠다고 한 뒤, 계산을 하고 가겠다는 승부수를 띄웠다. 할리우드 액션이 아니었다. 상황이 잘못될 경우 진심으로 계산을 하고 갈 생각이었다. 그 정도 마음의 준비는 이미 마친 상태였다. 최악의 상황이 올지도 모른다는 불안감에 주먹이 떨려왔다. 떨리는 주먹을 앞치마에 감추려고 했지만 공교롭게도 앞치마 어디에도 주머니는 달려 있지 않았다. 만약 누군가가 왜 주먹을 떨고 있냐고 물어올 경우 "아, 여기가 주먹고기 집이라서…"라는 답도 준비해놓은 상태였다. 설상가상으로 갑자기 다리도 후들거렸다. 하지만 일행에게 요즘 이영표 헛다리짚기를 연습하고 있다고 말하며 위기를 모면했다. 다행히 모두가 나의 계산을 만류했고, 잠시 노무현이었던 나는 이내 김한길이 되어 못 이긴 척 가게를 나왔다.

돌아오는 길에 아는 후배에게 문자가 왔다. 여자친구와 헤어져서 힘들다고 했다. 왠지 술 한잔 사달라고 할 것 같은 불길함이 엄습해서 재빨리 술 한잔 사라고 먼저 제안했다. "형이 좀 사주세여…"라고 하기에 "나약한 놈…"이라고 보냈다. 하지만 역시 좀 미안한 생각이 들어서 다시 카카오톡을 열었고 "나약한 놈…나약한 놈…나약한 놈…나약한 놈…나약한 놈…나약한 놈…나약한 놈…나약한 놈…나약한 놈…나약한 놈…나약한 놈…나약한 놈…나약한 놈…나약한 놈…나약한 놈…"이라고 보냈다.

홍대입구 3번 출구로 나와 연트럴파크를 걸었다. 요즘 운동량이 부족해 집까지 고2 체육시간 스타일 오리걸음으로 왔다. 모두가 날 이상하게 쳐다봤지만 내가 나 자신에게 진실할 수만 있다면 아무 상관 없었다. 집에 들어가기 전에 '딥 커피'에 들러 커피 한 잔을 샀다. 새벽 원고마감을 위해서는 카페인이 필요했다. 아마 내일도 나는 늦게 일어날 것이다. 하지만 신경 쓰지 않는다. 다만 일찍 일어난 척 연습은 더 해야겠다고 생각했다. Life Is Good.

100% 지어낸
여자 이야기
2
—

내가 힙합을 좋아한다고 해서 여자친구도 힙합을 좋아하길
바란 건 아니었다. 물론 한때는 그런 생각에 젖어 있었다.
한국에서 스물세 명 정도 알까 말까 한 래퍼의 두 번째 앨범
3번 트랙에 대해서도 자연스럽게 이야기가 통하는 상대를
꿈꾸었다. 그러나 살면서 곧 그것이 내 욕심임을 깨닫게 되
었다. 무엇보다 그런 여자 중에는 내 눈에 예쁜 여자가 없었
다. 나는 말로는 영혼의 교감을 전면에 내세웠지만 그 교감
은 외모라는 토너먼트 1차 관문을 통과해야 비로소 가능했
다. 나는 이런 놈이다.

이 글의 주인공인 그녀는, 예뻤다. 나의 여자친구였다. 말

로는 "내 눈에는 예쁘다"고 주위 사람들에게 말하곤 했지만 사실 다른 사람 눈에도 예쁘다는 걸 알고 있었다. 그녀와 함께 있는 나를 부러워하는 친구놈들을 보며 나는 자존감을 확인했다. 너희는 안 돼. 너희가 되겠니. 하지만 예쁜 것 말고도 그녀가 가진 특별함이 있었다. 그녀가 힙합을 딱히 잘 알거나 좋아한 건 아니었다. 대신에 그녀는 '조던'에 특별한 애착을 가지고 있었다. 그렇다. 그녀는 에어조던 신발을 즐겨 모았고 즐겨 신었다. 지금 생각해보니 사귀는 동안 그녀가 하이힐을 신은 적은 한 번도 없었다.

사실 그녀와 나를 이어준 것도 마이클 조던이었다. 대학 특강을 가던 길이었다. 당시 나는 양동근의 〈Give It To Me〉에 나오는 "마이클 조던 날아가는 모양"이라는 가사에 꽂혀 있었다. '메르세데스벤츠'의 엠블럼을 빗댄 표현이었다. 기발한 표현이었기에 페이스북에 이 가사를 하루에 한 번씩 언급하곤 했다. 특강을 가던 지하철 안에서 습관처럼 페이스북을 했다.

"아 오늘 강의하는데 할 말 없어지면 어떻게 하지…"

그러자 23초 지나서 댓글이 하나 달렸다.

"그럼 조던 드립 치세여ㅋㅋ"

늘 그랬듯 프로필 사진을 확대해 확인했다. 배경은 화장실이었고 새것이 분명한 에어조던5를 든 소녀의 얼굴이 눈에 들어왔다. 일종의 구매 인증샷이었다. 화장실이라는 장소가 마음에 걸렸지만 이내 털어버렸다. 예뻤기 때문이다. 확실히, 나는 이런 놈이다.

페친 그녀를 현실 그녀로 만들기 위해 나는 에어조던에 얽힌 다양한 이야기를 듬뿍 해주겠다고 제안했다. 그리고 약속을 얻어낸 후 힙합 평론을 하고 있음을 신께 감사드렸다. 1월 23일은 그녀를 처음 만난 날이었다. 원래 17일에 만나기로 했지만 그녀는 굳이 조던 등번호를 고집했다. 짜증났지만 참았다. 예뻤기 때문이다. 뭔가 부족한 신촌에서 그녀와 처음 맞닥뜨렸을 때 그녀는 마이클 조던 날아가는 모양을 하고 있었다. 그래서 실제로 앞모습보다 옆모습을 먼저 봤다. 이 포즈를 보여주려고 23일을 연습했다고 했다. 황당했지만 나는 미소를 지어 보였다. 예뻤기 때문이다. 그날 집에 들어온 나는 자물쇠가 달린 다이어리에 이렇게 적었다.

"실물 레알 귀여움. 사진이 오히려 안 나오는 희한한 경우."

다 적자마자 그녀에게서 카톡이 왔다.

"얼굴이 희미해요. 짧게 만나서 그런가? 꿈처럼 느껴져."

그 후로 우리는 거의 매일 만났다. 그리고 그녀는 매번 조던을 종류별로 바꿔 신고 나왔다. 그녀가 힐을 신지 않아 불편한 건 오직 한 가지 때문이었다. '키 좀 작아지면 어때? 힐 신으면 발 아프잖아. 난 괜찮으니까 플랫슈즈 신어도 돼'라고 말할 기회가, 고도의 계산된 수작이 원천봉쇄되었다는 것. 하지만 그녀가 조던 마니아라는 사실은 나의 합리화에 많은 도움이 되었다.

'힙합과 농구는 뗄 수 없는 관계지. 특히 조던은 더 그렇잖아. 힙합 패션 하면 조던 아니겠어. 그러니까 나는 지금 예쁘고 힙합으로도 이야기가 통하는 여자친구와 만나고 있는 거라고. 둘 다

잡았어 난!'

뒤돌아보면 진실 자체가 중요한 적은 없었다. 늘 내가 믿는 게 진실이었다.

데이트를 할 때마다 나는 조던에 얽힌 재미있는 이야기를 그녀에게 들려주었다. 예를 들어 힙합과 농구는 게토에서 탈출하기 위한 흑인의 '유이柔異'한 꿈으로 인식되어왔으며, 랩 스타와 NBA 스타 간에는 '우리는 가난하고 위험한 게토에서 태어나 차별받으며 그저 그런 인생을 살 뻔했지만 이제는 인종과 국경을 초월해 세계에서 가장 유명하고 부유한 삶을 사는, 모두의 롤모델인 성공한 흑인이 되었다'는 자기 정체성이 공유되고 있다는 것, 그리고 이런 맥락에서 마이클 조던은 흑인의 제일가는 영웅으로 지금까지도 우상시되고 있으며 그의 이름을 딴 티셔츠나 신발이 래퍼들의 가사에 등장하는 건 매우 자연스러운 일이라는 것 등.

이런 이야기를 늘어놓으며 나와 그녀는 〈건축학개론〉의 승민과 서연처럼 이어폰을 하나씩 나눠 꽂고 넬리Nelly의 〈Stepped On My J'z〉나 마이크 윌 메이드 잇Mike Will Made It의 〈23〉 같은 노래를 함께 들었다. 〈Stepped On My J'z〉, '내 조던을 밟다니'라는 제목에서 알 수 있듯 당연히 조던에 대한 노래들이다. 그리고 나는 잠시 그녀가 〈23〉에 참여한 마일리 사이러스^{Miley Cyrus} 보다 훨씬 매력적이라는 생각을 했다. 그녀에 비하면 마일리 사이러스는 그냥 철없고 아무 때나 혀를 내미는 여자애일 뿐이다. 위키피디아를 찾아보니 1992년생이던데, 1992년에 태어난 주제에 조던에 대해 뭘 알겠나? 나의 그녀가 훨씬 더 예쁘고 훨씬 더 조던을 좋아하는 것은 객관적인 사실이다.

아, 그녀가 가장 재미있어한 이야기는 따로 있었다. NBA 유니폼 이야기였다. 나는 1990년대 이전에는 딱 달라붙던 유니폼 하의가 1990년대 이후로 점차 통이 커지기 시작했고, 이것은 마이클 조던 같은 선수가 헐렁하고 기장이 긴 하의를 입기 시작했기 때문이며, 마이클 조던이 헐렁하고 기장이 긴 하의를 입은 것은 힙합 패션의 영향이었다는 사실을 그녀에게 말해주었다. 지금껏 엄마가 애원해도 안 해준 이야기였다. 그러자 그녀는 내 팔을 S.E.S처럼 감싸 안으며 조던이 더 좋아졌다고 말했다.

하지만 그녀와의 관계는 오래가지 못했다. 휴게소 우동을 좋아하고 컬러링을 바꾼 날엔 일부러 전화를 늦게 받는 그녀가 무척이나 사랑스러웠던 건 물론 맞다. 나와 만나고 들어온 날엔 수첩에 하트를 그리고 남자들이 번호를 물어보면 내 사진을 꺼내 보여주던 그녀가 내 전부였던 것도 맞다. 문제는 그녀와 함께할수록 내가 점점 더 외로워졌다는 사실이다. 그녀가 반짝일 때 나는 우주에서 가장 행복한 사람이었지만, 그녀는 최강의 사랑스러움과 최악의 감정기복을 동시에 지니고 있었다. 그리고 불행하게도 전자와 후자의 빈도는 1:9였다. 조던5를 신을까 조던11을 신을까 고민하다 한 시간이 늦는 건 참을 수 있었다. 조던을 실수로 스쳐 밟았다고 펄펄 날뛰는 것도 당연히 이해했다. 하지만 그녀가 힘들 때는 둘이서 이겨내고 내가 힘들 때는 나 혼자서 이겨내야 하는 건 참을 수 없었다. 가끔 힘이 들어 의지하고 싶을 때 그녀는 늘 자신의 감정기복으로 이미 먼저 힘들어하고 있었다. 그녀를 탓하진 않았다. 예민하게 태어난 건 그녀의 탓이 아니기 때문이다. 대신에 나는 그녀를 떠났다. 9월 23일이 우리가 헤어진 날이다. 이번에는 우연이었다.

　그녀와 헤어진 후 나는 외로워졌다. 정확히 말하면 그녀와 사귈 때도 나는 이미 외로웠지만. 집에 있는 조던은 내다 버렸고 시카고 불스의 전패를 바랐다. 과소비로 삶을 견딜 때도 있는 거라며 2주 만에 300만 원 정도를 쓰기도 했다. 아침마다 일어나자마자 라디오를 켜는 습관도 생겼다. 혼자 있기 싫었기 때문이다. 그렇게 몇 년이 흘렀고 아픔은 무뎌졌다. 하지만 아침마다 라디오를 켜는 습관은 여전히 버리질 못했다. 다른 여자를 만나고 일로 성공을 거두어도 어째서인지 삶의 고독은 갈수록 커지기만 했다. 이걸 삶의 숙명이라고 처음으로 받아들일 수 있었던 바로 그날, 나는 라디오에서 그녀의 근황을 들었다. 해외토픽 시간이었다.

"1962년에 우리 대한민국과 수교를 맺은 바 있는 중동의 국가 요르단 소식입니다…"

나는 내 귀를 의심했다. 그녀는 요르단의 여왕이 되어 있었다. 라디오에 따르면 나와 헤어진 후 바로 마이클 조던 날아가는 모양으로 요르단에 날아간 그녀는 기회를 엿보다 반란을 일으켜 정권을 잡았다고 한다. 그리고 나라 이름을 에어 요르단^jordan으로 바꾸었고, 국기 역시 마이클 조던 날아가는 모양으로 개정했다. 65세 이상 노인 전원에게 에어조던 5를 무상지급하는 것은 물론 현재 마이클 조던의 귀화를 추

진중이라고 했다. 나는 한편으로 황당했지만 한편으로 알 수 없는 희열을 느꼈다. 해냈구나. 그럴 줄 알았지. 넌 내 여자였잖아. 멀리서 응원할게. 너는 내 인생에서 가장 반짝이던 사람이었으니까.

＊ 이 글은 의심의 여지 없이 모두 허구다.

인형의
기사
—

침대에 누워 넥스트의 〈인형의 기사〉를 듣고 있었다. "그 말은 하지 못했지 / 오래전부터 사랑해왔다고" 부분을 따라 부르던 중이었다. 뜬금없이 첫사랑에게서 연락이 왔다. 내가책은 물론 어디에서나 사용하는 내 프로필에는 "〈건축학개론〉을 극장에서 두 번 봤고 두 번 다 울었다"는 문장이 있다. 우는 내 모습이 흉측하기는 하지만 그래도 개의치 않고 울어버린 까닭은 전부 이 친구와의 기억 때문이다. 나는 그녀가천사라고 생각해본 적은 한 번도 없지만, 누군가를 좋아할때 그 사람이 천사이기 때문에 좋아하는 사람은 없다.

그날은 신해철 때문에 한국 전체가 들썩이던 날이었다.

갓 한 아이의 엄마가 된 그녀는 신해철의 갑작스러운 죽음 때문에 마음이 안 좋다고 했고, 나는 거의 10년 만에 말 섞는 주제에 어제 대화하고 오늘 또 대화하는 것처럼 나 역시 그렇다고 대답했다. 그리고 대학 시절, 대학로에서 신해철이 노무현 후보를 지지하는 연설을 함께 보았던 기억을 떠올렸다.

그녀는 가끔 내 홈페이지에 들어와 글을 읽는다며, 예상대로 멋지게 사는 것 같지만 이상한 드립은 여전하더라고 나에게 말했다. 그 말을 들은 나는 부리나케 홈페이지에 들어가 스팸댓글을 오랜만에 지웠다. 그런데 그때의 내가 지금의 내가 구사하는 일급유머를 구사했었는지는 솔직히 잘 기억나지 않는다. 하지만 그녀가 말했으니까 맞을 것이다.

그녀가 물어보진 않았지만, 네가 나의 첫사랑이라고 그녀에게 말해주었다. 그러자 그녀도 똑같은 말을 나에게 주었다. 그렇게 〈인형의 기사〉처럼 친구의 악수를 나누었다. 문득 10년 전의 우리가 떠올랐지만 이제 나는 그런 열병도 어른의 미소로 넘길 수 있는 사람이 되었다. 나는 더 훌륭한 사람이 된 걸까.

오로지 잊히기 위해 남아 있던 기억이 잠깐 반짝인 그 순간, 나는 스무 살의 한복판으로 돌아가 다른 선택을 하는 상상을 잠시 한다. 그러나 낭비할 시간이 없다는 세상의 나무람이 이내 귓가에 들려온다. 서른을 넘긴 나로 다시 돌아와, 나는 그제야 조금 안도한다.

아직까지 남은 마음이 있을 리는 없다. 하지만 아직도 가끔 그 기억으로 무언가를 버텨낸다. 살다보면 만나지도, 만나지지도 않는 사람들이 있다. 그녀도 그중 한 명이다. 그런데 때때로 그들이 내 삶을 구원한다는 건 여전히 신기한 일이다.

너는 빛났다. 너도 나를 그렇게 보는 것 같았다. 처음으로 단
둘이 만났던 저녁엔 네가 먼저 기다리고 있었다. 내가 지나
치는 골목을 여러 번 사진으로 찍어 너에게 보내줬다. 그렇
게라도 너의 기다림을 최대한 줄이고 싶었다. 우리는 밀고
당길 필요가 없었다. 너와 나는 처음부터 서로를 확신했다.

　너는 나에게 둘 다 주었다. 네 덕분에 나는 함께일 때의
안정감과 혼자일 때의 자유로움을 둘 다 가질 수 있었다. 혼
자 지냈던 세월이 떠오른다. 오랜 시간 동안 나는 노력했었
다. 조바심 내지 않고 나를 가꾸며 새로운 사람을 기다렸었
다. 그리고 내 앞에 네가 나타났다. 좋은 기다림이었다고 생

각했다. 과분한 사람이 왔다.

　화장이 지워진 얼굴을 보고도 예쁘다고 생각한 건 네가 처음이었다. 네 얼굴의 주근깨를 보고 예쁜 무늬 같다고 생각했다. 통화로 다툰 후 너를 만나면 다툰 이유가 기억나지 않았다. 내가 다 잘못했다. 예쁜 네 얼굴은 잘했다.

　너는 내가 가장 좋아하는 걸 가지고 있었다. 내가 가장 싫어하는 건 너에게 없었다. 이게 내가 널 사랑하게 된 이유였다. 네가 주는 편안함, 네가 주는 안정감, 네가 날 지지하고 있다는 느낌이 좋았다. 너의 20대를 못 가진 것은 나의 최대 불운이었다. 이게 문득문득 날 미치게 했다.

　그런데 과연 나는 너를 알았던 걸까. 물론 나의 너는 알고 있었다. 잘 알고 있었다고 생각한다. 하지만 너의 너를 나는 알고 있었을까. 나는 너를 알고 있었을까. 나는 그동안 뭘 했던 걸까. 나는 누구를 만났던 걸까. 우리가 했던 건 사랑일까.

　주변 사람의 시간을 빼앗기 시작했다. 당신들은 내 이야기를 들을 의무가 있어. 지금의 내 꼴을 봐. 미안해. 나중에 밥 살게. 사실 안 미안해. 이 정도는 나한테 해줘야지. 이 정도도 안 해주면 넌 사람도 아니지. 미안해. 조금만 버텨줘.

　너에게 받은 선물이 많다. 여전히 네가 준 지갑을 가지고 다닌다. 사실 네가 준 스킨로션은 버리려고 했다. 그런데 그럴 수 없었다. 너는 나에게 꼭 필요한 것만 주었다. 네가 준 것은 모두 유용하다.

많은 것을 고쳤다. 내가 했으면 좋겠다며 네가 말하던 걸 거의 다 시작했다. 네가 바꾸길 원했던 모든 것을 바꾼 후 상자에 한꺼번에 담았다. 고친 내 성격, 내 습관, 내 말투도 넣었다. 그것들을 네가 없는 자리에 바치고 왔다. 이제야 겨우, 이제라도 다행히.

사람을 잃고 글을 얻는 일에 대해 생각한다. 이렇게 어리석은 짓이 없다. 이렇게 손해 보는 장사가 없다. 하지만 사람을 잃어야만 쓸 수 있는 글이 있다. 지금 난 글이라도 얻어야겠다. 무엇이라도 얻어야겠다. 무엇이라도 닥치는 대로 얻어야겠다.

어른의 악수를 하고 왔다. 전부를 주고 혼자 남는 일을 또 했다. 밤은 이제 견뎌야 하는 것이 됐다. 쌀쌀한 바람이 분다. 나에게도 새로운 계절이 왔다.

카페
+++
—

집 옆에 있던 구멍가게가 얼마 전 점포정리를 했다. 역사가 족히 20년은 돼 보이던 가게였다. 확실한 이유는 모르겠지만 근처에 새로 생긴 슈퍼 때문일 것이다. 그 슈퍼는 동네슈퍼치고는 제법 크다. 내부에 정육점이 있을 정도다. 물론 그 슈퍼 아주머니는 좋은 사람으로 보인다. 늘 친절하고 채소나 과일을 낱개로도 판다. 그러나 좋은 사람의 등장은 누군가의 퇴장을 불러왔고, 나는 혼란스러워졌다. 지금 내가 보는 광경은 도태된 자에게 가해진 자본주의의 준엄한 철퇴일까, 아니면 그저 감내해야 할 생의 자연스러운 한 부분일까. 이도 저도 아니라면 이것은 침울해해야 마땅한 비극인 걸까? 어른이 된 지 한참이 지났지만 어떤 것은 여전히 알 수가 없다.

구멍가게가 나간 자리에는 카페가 들어섰다. 또, 카페였다. 이 근처에는 어림잡아 카페가 6개가 있고 이제 하나 더 늘었다. 나는 본능적으로 남 걱정을 하기 시작했다. '레드오션'의 한복판에서 어디 장사가 잘되겠어? 그래도 한번은 가보자. 커피가 깜짝 놀랄 정도로 맛있을 수도 있잖아.

주인은 그림을 그리는 사람이었다. 작업실을 겸해서 카페를 열었다고 했다. 그래서인지 주변의 다른 카페와는 달랐다. 공간은 무심한 듯 섬세했고 소박하지만 스타일이 묻어 있었다. 우리는 분위기를 사랑한다고. 문득 느낌이 스쳤다. 한동안 나는 이곳에 머무르겠구나. 그림을 그리는 사람의 카페에 글을 쓰는 사람이 손님이 된 순간이었다.

이 카페에 앉아 글을 쓰다보면 그동안 못 보던 풍경이 눈에 잡힌다. 야쿠르트 아주머니는 똑같은 길을 하루에도 몇 번이나 분주하게 오가고 동네 할아버지들은 신기하다는 눈빛으로 창문 너머의 나를 쳐다본다. 동네에 젊은 사람이 이렇게 많이 사는 줄도 이 카페에 앉고 나서야 처음 알았다. 글은 집에서도 쓸 수 있지만 나는 굳이 이 카페에 나와 글을 쓰고, 매일 그 결정을 후회하지 않는다. 아마 올여름은 이곳에

서 나게 될 것이다. 나의 여름이, 연남동 골목의 여름이 시작
됐다.

동네 단상
1

집 근처에 중형마트가 들어선다. 내일 개업을 앞두고 있다. 중형이라는 단어 선택에 심혈을 기울였다. 나는 제법 좋은 줄자를 가지고 있기에 가서 평방미터를 정확히 재고 올까 생각도 했지만 이 일이 그 정도로 중요하지는 않단 생각에 이내 그만두었다. 내 삶엔 그럴 여유까지는 없다. 나에겐 먹여 살려야 할 자식…은 없지만 그보다 더 많이 아껴주고 관심을 쏟아야 할 자신이 있다. 내가 날 사랑하는 데도 24시간이 모자라. 나와 함께 있으면, 나와 눈을 맞추면.

　심혈을 기울였다는 건 솔직히 거짓말이다. 그냥 대충 어림잡았다. 동네 구멍가게들보단 크고 내가 아는 대형마트보단 작으니 그렇게 말했다. 물론 마트 입장에선 불만일지 모른다. 중형보단 대형에 가깝다고 항의할지도 모른다. 하지만 마트는 나에게 고마워해야 한다. 이것이야말로 한국사회에서 살아남는 방식이기 때문이다. 있는 그대로의 너 자신을 드러냈다고 해서 안심하지 말 것. 한국에선 그것도 잘못이니까. 100만큼 이뤘으면 50만큼 했다고 말해. 50만큼 이뤘으면 사실 내가 한 건 아무것도 없다고 말해. 그러고 보니 내가 실수했다. 실제로는 중형마트니까 그냥 점빵이라고 하는 게 좋겠다. '연남슈퍼'라는 이름은 그래서 참 잘 지었다. 규모에 안 어울리게 겸손해 보이잖아.

연남슈퍼의 등장은 양가적인 감정을 안긴다. 상권 조사를 확실히 했으니까 들어오는 거겠지? 성공할 가능성이 높다고 판단했겠지? 그런데 그렇게 되면 근처 구멍가게는 다 망하겠지? 솔직히 구멍가게들이 다 망해도 난 상관없다. 언젠가부터 그 가게들을 전혀 이용하지 않기 때문이다. 비싼 건 참을 수 있다. 유통구조상 그럴 수밖에 없을 테지. 때문에 생수 2리터 한 병이 1600원씩 해도 좋은 마음으로 받아들일 수 있다. 그 돈 좀 더 써도 안 죽는다. 하지만 서비스 의지가 없는 건 문제다. 손님이 오든 말든 끼리끼리 고스톱을 치고 있거나, 가격으로 경쟁이 안 되면 친절함으로라도 차별화를 하려는 의지가 전무한 건 문제다. 어떻게 봐도, 360도를 다 돌아봐도, 누가 뒤에서 밀치지 않는 한 이 가게들에 들어갈 이유가 없다. 설령 누가 뒤에서 밀치더라도 낙법으로 극복해 낼 것이다.

하지만 난 그렇게까지 매정한 사람은 아니다. 내가 늘 커피를 아이스로 마시는 이유는 심장의 온도를 매일 한 번씩 식혀야 하기 때문임을 똑똑히 알아두기 바란다. 잠시 컨설팅 회사 사장처럼 굴던 나는 다시 생각의 추를 옮겨온다. 연남 슈퍼의 등장은 과연 내 삶에 어떠한 변화를 가져올까. 나는 허니버터칩이나 돼지고기를 전보다 정말 더 먹게 될까. 구멍 가게들이 망해도 내 눈은 흔들리지 않을 수 있을까. 아니, 좀 게으르고 서비스 정신 없이 가게를 운영하는 모든 사람은 과연 망해도 싼 걸까. 저 아주머니의 등이 나에게 말한다.

"연남동에서만 40년을 살았소. 재주도 없고 힘도 없소. 그냥 여생을 구멍가게나 하면서 살고 싶소. 늙은이 욕심이 과했다면 미안하오. 내가, 아니 제가 시대에 뒤처져서 고객님, 정말 죄송합니다. 친절하게 모시겠습니다."

동네 단상
2

이사 온 지 이제 석 달이 넘어간다. 사실 이사했다고 말하기
도 민망하다. 연남동 안에서 고작 600미터 옮겨왔다. 하지
만 고작 600미터가 때론 600만 불의 위력을 발휘한다. 무려
600미터 차이로 내 생활반경은 완전히 바뀌었다. 애인에게
맹세하듯 영원을 다짐했던 가게에 이제 난 가지 않는다. 거
기엔 거창하고 대단한 이유가 있다. 600미터. 무려 600미터
라고. 600미터 무시해? 600미터를 가기엔 할 일이 많다고.
600미터를 가기엔 당신 가게보다 좋은 가게가 집 근처에 널
렸다고. 그동안 600미터 가지 않은 건 사장님과 나의 우정이
얄팍해서였고. 이제 와 600미터를 가려니 얄팍하게나마 친

했는데 한동안 들르지 않은 게 미안해서라고.

이사 온 후 새로 드나들게 된 몇 군데가 있다. 하나는 세월호 사고일을 와이파이 비밀번호로 걸어둔 조용한 카페고, 하나는 반찬을 맛있게 하는 한식집이다. 그리고 마지막 하나는 서점이다. 고등학교 옆에 바로 붙어 있는 이 서점은 정체성이 확실했다. 공간이 꽤나 넓지만 대부분 교재나 학습지로 가득 차 있었다. 하지만 그렇기 때문에 지금껏 살아남을 수 있었으리라. 아, 이 서점의 주력 물건이 또 있다. 월간지다. 에세이 신간은 찾아볼 수 없지만 월간지는 없는 게 없다. 그래서 지난 석 달간 이곳에서 주로 농구잡지를 구입했다.《루키》와《점프볼》이었다. 예스24 당일배송은 엿이나 먹으라고 해. 난 동네서점 서포터니까.

이 서점에 자주 드나든 건 농구잡지 때문만은 아니다. 실은 주인아주머니의 친절함에 홀렸다. 진심과 유쾌함이 6:4 비율로 섞인 진짜 친절함은 겪어본 사람만이 안다. 그와 대화할 때마다 나는 도끼가 줄곧 외치는 'Good Vibes Only'가 바로 이것임을 깨달았다. 그가 발산하는 좋은 기운을 나는 이미 몇몇 지인에게 소문내놓았다. Good Vibes Only. Positive Vibes Only. 아주머니와 나, 우리 주위에 늘 좋은 기운만이 가득하길.

　그러나 오늘 택시를 타기 위해 이 서점 앞을 지나칠 때, 창문에 붙은 커다랗고 하얀 종이를 발견했다. 그 안에는 파란 글자가 가득했다.

영업종료 안내문

1986년 7월 4일에 영업을 시작한 후 어느덧 31년이 지났습니다. 이제 2017년 9월 25일자로 영업을 종료하려고 합니다. 일일이 찾아뵙고 인사말씀 드려야 하오나, 이렇게 안내문으로 대신하게 됨을 죄송스럽게 생각합니다. 31년 동안 저희 문우서림을 사랑해주시고 아껴주심을 머리 숙여 진심으로 감사드립니다. 그동안 많이 행복했습니다. 저희 서점 고객 여러분 각 가정에 행복이 함께하시길 두 손 모아 기원드립니다. 그동안 감사했습니다.

2017. 9. 18. 문우서림 올림

　일단, 안내문만 봐도 이 사람의 됨됨이를 알겠다. 내심 기뻤다. 내 눈이 틀리지 않았구나. 좋은 사람이었구나. 그리고, 또 하나를 알겠다. 그는 웃음으로 마지막을 준비했었구나. 31년의 99% 지점에서, 난 그의 미소를 봤구나. 행운이다.

늘 구급차가 지나가면 5초라도 멈춰 서서 얼굴 모르는 누군가를 걱정하는 사람이 되고 싶었다. 내가 그런 사람이 되길 늘 자신에게 부탁했다. 이제 나는 얼굴을 아는, 아니 얼굴만 아는 어떤 사람의 행복도 빌고 싶다. 서점이 떠난 자리는 이제 무엇으로 채워질까. 동네는 나와 밀고 당기기를 즐기고, 그럴수록 나는 평정심에 집착한다. 가급적, 무엇이든, 오래 보고 싶다.

빽다방

—

커피를 좋아한다. 사랑하진 않는다. 사랑은 아무에게나 주지
않는다. 아무튼 난 커피를 좋아한다. 하루에 적게는 한두 잔,
많게는 서너 잔 마시는 것 같다. 어떨 때는 물보다 커피를 더
많이 마신다고 느낄 때가 있을 리가 있나. 커피를 아무리 많
이 마셔도 물을 따라잡을 순 없다. 물보다 진한 건 피뿐이다.

하지만 난 커피 애호가는 아니다. 커피에 대해 잘 알지 못
한다. 커피의 역사도 모르고 커피의 제조 공정도 잘 모른다.
원두의 종류에 대해서도 물론이다. 가끔 어떤 카페를 가면
원두를 직접 선택하라고 할 때가 있다. 난 매사에 신중한 사
람이기에 그럴 때마다 심혈을 기울여 가장 좋은 선택을 하려

고 노력하긴 하지만 그게 결과에 어떤 영향을 끼치는지는 여전히 잘 모르겠다. 어떤 원두를 선택해도 커피는 늘 같은 맛이었다.

사실 커피에 대해 더 많이 알고 싶은 마음도 딱히 없다. 아, 이렇게 말하면 너무 냉정하게 보이려나. 하지만 사실이니 별수 없다. 야 커피, 너 여기 선 보이지? 너 여기까지만 와야 돼. 이 선 넘어오면 안 돼. 즉 나는 커피 자체를 좋아한다기보다는 커피가 나의 삶에 미치는 긍정적인 영향을 좋아한다. 몸이 찌뿌듯할 때 마시는 아이스 아메리카노 한 잔은 컨디션을 정상으로 돌려준다. 새벽에는 밀린 작업을 끝까지 붙들고 있게 해주기도 한다. 커피는 나에게 도구적 존재다. 난 커피를 이용한다. 너를 더 깊이 알고 싶은 마음은 추호도 없어! 하지만 난 너에게 중독됐어.

무조건 '아이스' 커피를 마시는 것도 나의 특징이라면 특징이다. 평생 뜨거운 커피를 마셔본 적이 몇 번 없다. 태음인이기 때문이다. 몸에 열이 많다. 겨울에도 두꺼운 겉옷을 잘 입지 않는다. 그래서 마음에도 열이 많다. 뜨거운 남자다. 한편 시와 랩의 연결고리에 관해 나와 자주 대화하는 김경주 시인은 나와 정반대다. 그는 늘 뜨거운 아메리카노만 마신다. 그는 내게 늘 이렇게 말한다.

"얼음을 넣는 순간 커피의 진짜 맛은 휘발되는 거야."

나도 알고 있다. 그의 말이 맞다. 하지만 진짜 맛이 휘발되어도 별 상관은 없다. 커피, 너의 진짜 맛을 느껴야 한다는 생각은 추호도 없어! 하지만 널 좋아해.

커피 애호가와는 거리가 멀기에, 나는 커피 애호가라면 하지 않을 행동도 곧잘 한다. 그중 하나가 바로 '빽다방'에 자주 가는 것이다. 노파심에 말하자면 커피 애호가들을 오만한 사람으로 만들려는 것도 아니고, 빽다방을 폄하하려는 것도 아니다. 다만 커피 애호가들은 대체로 빽다방 커피를 좋아하지 않을 것이고, 그러므로 빽다방에도 잘 가지 않을 것이라는 생각을 말하는 것뿐이다. 실제로 빽다방의 아메리카노는 커피를 좋아하는 많은 사람들의 지탄(?)을 받았던 것으로 안다. 빽다방은 빽다방만의 타깃필드가 있지 않나. 그 필드 안에 커피 애호가는 별로 없겠지만.

하지만 그 필드 안에는 김봉현 씨가 있다. 이 사실만으로도 많은 사람이 위로를 얻었다. 김봉현 씨의 집 근처에는 빽다방 연남점이 있다. 성인 남성의 힙합 걸음 기준으로 걸어서 1~2분 거리다. 못해도 2~3일에 한 번은 가는 것 같다. 빽다방에서 김봉현 씨가 가장 좋아하는 메뉴는 '원조 냉커피'와 '체리 빽스치노'다. 김봉현 씨의 입맛을 대충 짐작할 수 있겠지? 물론 김봉현 씨는 비싼 고급 음식도 잘 먹는 사람이다. 먹으면서 이게 왜 맛있는지, 왜 비싼지도 잘 아는 사람이다. 하지만 그렇다고 해서 그 범위를 벗어나는 음식에 배타적이거나 그런 음식을 못 먹는 사람은 아니다(굳이 찾아 먹진 않지만). 세상에서 단 하나뿐인 원두로 만든 커피도 잘 마실 수 있고, 빽다방의 아이스 아메리카노도 즐길 수 있는 사람, 최고급 코스요리도 맛있게 먹으면서 편의점 삼각김밥도 얼굴에 미소를 띠며 먹을 수 있는 사람이 바로 김봉현이다. 이런 사람 또 없습니다.

너무 멀리 왔다. 정신을 잃었다. 다시 돌아가자. 빽다방 연남점의 사장님은 내 또래로 보이는 여성분이다. 늘 친절하다. 난 그에게 아무런 불만이 없다. 버스에서 가지고 내린 고객불만 수리용지도 쓰레기통에 버렸다. 물론 나 역시 훌륭하다면 훌륭한 고객이었다. 메뉴 주문할 때만 입을 열고, 조용히 음료를 받아 나가는, 그러나 인사는 잘 받아주는 고객이 바로 나다. 그런데 얼마 전 일이 일어났다. 여느 때처럼 메뉴를 주문하고 있는데 사장님이 갑자기 나에게 물었다.

　"혹시 김봉현 님 아니신가요?"

　올 게 왔구나. 결국 내가 이렇게 유명해져버렸구나. 안 되는데. 동네에서만큼은 평범한 시민으로 살고 싶은데. 이제 어디로 이사 가야 하나. 이런 게 유명인이 내는 세금이구나. 나는 맞다고, 어떻게 아셨느냐고 물었다. 그러자 그가 대답했다.

　"제가 도끼를 너무 좋아하는데요. 도끼로 인터넷 검색을 했는데
　어떤 사진에서 도끼 옆에 계시더라고요. 어어, 어디서 많이 본
　사람인데, 이 사람 우리 가게 손님인데, 그랬죠."

　역시 망상이었다. 세상, 이상, 너무나도 괴상, 내가 유명하다니 그건 너무 망상. 찰나의 달콤함은 이렇게 깨져버렸다. 말하자면 나는 일종의 '부록'이었다. 도끼 옆에 서 있던 부록. 그가 본 사진은 내가 주최한 서울힙합영화제에서 도끼

와 더 콰이엇과 내가 함께 찍은 사진이었다. 아, 그 사진 이상하게 나왔는데. 그리고 그제야 이 가게에 늘 흐르던 배경음악이 무엇인지 알아차렸다. 대개 도끼의 노래가 흐르고 있었던 것이다. 내가 늘 이어폰을 끼고 다녀서 잘 몰랐을 뿐. 사장님은 마지막으로 이런 말을 덧붙였다.

"한동안 안 오시는 것 같아서 기다렸어요."

그 후, 그는 내가 갈 때마다 잘해주었다. 소프트 아이스크림 메뉴를 이미 마감했음에도 다시 기계를 켜 내 주문을 받기도 했고, 어떤 메뉴든 평균보다 더 많이 얹어주는 것이 느껴졌다. 이럴 때 어떤 사람은 부담을 느낄 수도 있다. 그래서 잘 가던 가게에 발길을 끊은 경우도 종종 봤다. 손님과 점원의 거리 조절은 이래서 중요하다. 하지만 김봉현 씨는 다르다. 의식을 아예 안 한다고 말하면 거짓말이겠지만 큰 부담까지는 없었다. 나는 그의 호의를 가게를 더 자주 방문하는 것으로 갚아나갔다.

나는 그에게 내 책을 선물하기도 했다. 도끼를 좋아하니 내 책도 좋아할 거라고 생각했다. 하지만 나를 좋아하지는 않을 것이다. 그래도 내가 날 더 좋아하면 되니 다행이다. 더 놀라운 건, 그가 서울힙합영화제에도 영화를 보러 왔었다는 사실이다. 그는 홍대 CGV에서 열렸던 나와 이하늘(47세, DJ DOC)의 GV를 객석에서 지켜봤다. 고마웠고 기분이 좋았다. 이런 소소한 인연이 생겨나는 삶이 좋은 삶이 아닐 리 없다.

언제까지 연남동에 살지는 모르겠다. 당장 다음 달에라도 마음이 바뀌면 이사를 갈 수도 있다. 또 그가 언제까지 연남동에서 빽다방을 운영할지도 잘 모르겠다. 내일 갔는데 가게가 없어졌을 수도 있다. 만약 그렇다 해도 난 섭섭해하지 않을 것이다. 대신에 그때의 나는 5초간 멈춰 서서, 얼굴은 아는 누군가의 앞날이 행복하기를 기원하는 사람이 되어 있을 것이다. 때때로 흔들려도 결국은 살 만한 삶을 그가 손에 쥐길 바라면서.

망원동

망원동에서 태어났다. 망원동에서만 네 번을 이사했다. 망원동에서만 스물 몇 해를 살았다. '망리단길'이라는 해괴한 단어가 나오기 전부터, 망원시장에 '돔'이 설치되기 전부터, 6호선 지하철이 개통되기 전부터, 아니 사실은 망원동 '물난리' 때부터 나는 망원동에 있었다. 1980년대의 그 홍수를 난 아직 기억한다.

지금이라고 멀리 있는 건 아니다. 연남동에 사니까. 하지만 좀처럼 가지 않게 된다. 물리적으로는 가까이 있지만 자주 못 가게 된다는 사실이 가끔 날 겸손하게 한다. 그리고 멀리 떨어져 사는 것보다 이편이 더 미안하다. 나의 고향에게,

미안하다.

오늘 오랜만에 망원동을 찾았다. 택시 기본요금으로 갈
수 있는 거리인데 마음먹기가 그리도 비쌌다. 흔적도 없이
사라진 것들과 30년간 간판도 바꾸지 않은 약국 사이에서
잠시 아찔했다. 어릴 적 살던 집에도 가봤다. 본능적으로 주
소를 입 밖으로 뱉었다. 네이버 지도로 확인해봤다. 정확했
다. 어제 나눈 대화도 희미한 오늘, 어떤 건 20년 넘게 떠올
리지 않아도 그대로 남아 있다.

동교국민학교에 갔다. 초등학교는 나의 단어가 아니다.
맞춤법을 내어주는 대신 추억을 지키고 싶다. 나는 이 학교
에 다니진 않았다. 어머니의 교육열 덕분에 나는 신촌에 있
는 (사립) 국민학교에 다녔다. 하지만 내 친구들은 대부분 동
교국민학교에 다녔다. 그래서 이 사거리는 나에게도 친숙하
다. 솔직히 친숙하다는 말로는 부족하다. 나의 유년기, 그 자
체다.

학교 앞에 있던 몇몇 문방구도 거의 그대로였다. 그중 하
나가 눈에 띄었다. 문방구 중에서 가장 좁은 곳이었지만 가
장 자주 들르던 곳이었다. 삐쩍 마른 아저씨와 통통하고 아
담한 아주머니가 함께 운영하는 가게였다. 지금 되짚어보면

운영방식이 선구적이었다. 구입한 금액만큼 원고지에 볼펜으로 표시해둔 후 일정 금액이 넘으면 혜택을 주곤 했다. 마일리지? 쿠폰? 무엇이라고 해도 좋다.

문방구 앞에 서서 조심스럽게 미닫이문을 열었다. 갑자기 윤종신의 〈너에게 간다〉가 떠올랐다. 문을 열면 아주머니가 보일까. 숨 고른 뒤 살며시 문을 밀어본다. 나나나 나나 나 나나나 나나나. 놀랍게도 아주머니는 그대로 있었다. 나도 모르게 말을 걸었다.

"와, 저 한 20년 전에 여기 살아서 여기 자주 왔었는데 그대로시네요."

"아, 그래요?"

"네. 살만 조금 빠지신 것 같고, 진짜 안 늙으셨네요. 하하."

"그렇게들 많이 말하더라고. 여기서 장사를 30년간 했어. 반가워요(웃음)."

'그렇게들 많이 말하더라고'라는 건 나 같은 사람이 종종 있다는 뜻일 게다. 오랜만에 들러서 반갑게 인사하고 가는 사람들 말이다. 그리고 그 사람들도 다 나와 비슷하게 느꼈다는 것일 테고. 잠시 아주머니가 요정이 아닐까 생각했다. 나의 유년기를 그대로 보존하기 위해서, 나의 추억을 훼손하지 않기 위해서, 그때 그 모습 그대로 남아 있는 요정. 아저씨의 안부는 일부러 물어보지 않았다. 혹시라도 듣게 될 대답이 두려웠다. 지금도 잘했다고 생각한다.

집에 오면서 나는 내내 그 문방구 속을 거닐었다. 그리고 지난 30년간 아주머니가 걸어왔을 삶의 궤적을 잠시 멋대로 상상했다. 어떤 사람은, 그 자리에 계속 있어주는 것만으로도 벅차오르게 한다. 망원동 옆 연남동에서, 고향의 주위를 맴도는 삶의 한복판에서, 쓺.

연결돼
있다는 느낌
1

오늘따라 카페에 가고 싶었다. 그래서 집 근처 카페에서 책 작업을 했다. 집으로 돌아오는 길은 추웠다. 주변 사람은 알겠지만 난 추위에 매우 강한 편이다. 하지만 오늘은 나도 추웠다. 밖에 있을 때 '집에 빨리 들어가고 싶다'는 생각이 들면 그날은 추운 것이다. 이게 나의 기준이다. 오늘은 빨리 들어가고 싶은 날이었다.

집에 거의 다 왔는데 어떤 할머니의 허리가 보였다. 우리 집 앞에서 구부정한 허리로 재활용품을 모으고 계셨다. 쓰레기봉투를 풀어 그 안을 헤집고 계셨다. 갑자기, 이건 좀 말이 안 된다는 생각이 들었다. 씨발. 이건 너무 잔인하다고 생각했다. 내가 춥다고 느낄 정도의 날씨에 '할머니'가 밖에서 이런 일을 하고 있으면 안 된다. 이건 안 되는 일이다.

잠시 망설이다 지갑에서 만 원짜리 지폐 한 장을 꺼냈다. 다가가서 손에 쥐어드렸다. 밥 한 끼 사드시라고 덧붙이면서. 할머니는 처음에는 약간 경계하는 듯했지만 이내 진심으로 좋아하셨다. 존댓말로 나에게 고맙다고 하셨다. 간단히 인사를 한 후 집으로 들어왔다. 대가로 바라는 게 아무것도 없으니 바로 돌아서서 집에 오면 그만이었다. 집에 와서, 할머니를 업고 동네방네 돌아다니는 상상을 했다.

이런 상황과 마주할 때마다 여러 생각이 든다. 돈을 드렸는데 오히려 화를 내시면 어쩌지? 돈을 드리는 게 정말 최선의 방법인가? 어쩌면 이런 행동이 나의 오만은 아닐까? 어쩌면 난 나를 위해 행동했던 게 아닐까? '나도 그렇게 나쁜 놈은 아니에요'라는 면죄부를 자신에게 주기 위해 알량한 수준의 비용을 지불한 후 자위하고 있는 건 아닐까?

고민은 끝나지 않았다. 하지만 행동하지 않은 것보단 낫다는 것이 지금 나의 생각이다. 지폐를 여러 장 꺼내지 않은 게 후회된다. 앞으로도 동네에 이런 분들이 보이면 자주 오늘처럼 행동에 옮길 생각이다. 이런 식으로 내 지갑에서 지페 몇 장이 빠져나가도 사실 내 삶에는 아무런 지장이 없다. 그러나 그분들에게는 아마 절실할 것이다. 돈도 돈이지만 무엇보다 '혼자가 아니라는 것'을 확인시켜드리고 싶다. 연결되어 있다고 말해주고 싶다. 좋은 에너지를 나누고 싶다.

군이 선언한다. 앞으로도 실천에 옮기겠다.

늘 처음을
떠올리게
해줘
—

몇 년간 드나든 카페가 있다. 가깝고 친절하고 정직하고 저렴하고 넓고 작업하기 좋은 카페다. 그런데 얼마 전 와이파이를 바꿨다며 직원이 비밀번호를 새로 알려줬다. 하지만 당황스럽게도 접속이 잘되지 않았다. 노트북과 핸드폰 모두 접속하느라 애를 먹었다. 애꿎은 시간과 에너지를 여기에 소비했다.

　두 번을 그랬다. 하지만 오늘은 잘되겠지 하는 생각에 다시 갔다. 직원도 오늘은 잘된다고 장담했다. 그러나 오늘도 잘되지 않았다. 스무 번 연결하면 한 번 연결됐고 그것도 중간에 갑자기 끊겼다. 다시 연결하면 또 안 됐다. 사흘째였다. 세 번째는 참을 수가 없었다. 카운터에 가 상황을 설명했다.

화를 내진 않았다. "제 것만 그런진 모르겠는데…"라고 말을 시작했다. 내 말을 들은 직원이 자신의 태블릿으로 와이파이를 연결해봤다. 접속이 되지 않았다. 나는 "알려드렸으니까 이제 전 갈게요"라고 말하고 카페에서 나왔다.

사람 마음이 원래 간사한 건지 내가 간사한 건지 그 카페에 정이 뚝 떨어졌다. 다시는 가지 않겠다고 혼자 씩씩거렸다. 지난 몇 년 동안이나 가깝고 친절하고 정직하고 저렴하고 넓고 작업하기 좋았던 카페가 이제는 내 하루를 망친 원흉이 됐다. 고작 와이파이 하나로. 고작 와이파이 하나가 3일 연속 잘 안 되었단 이유로.

하지만 나에겐 고작 와이파이가 아니다. 와이파이가 없으면 난 아무 일도 할 수 없다. 커피는 중요하지 않다. 집에도 커피머신이 2개나 있다. 난 그동안 커피가 아니라 와이파이를 사러 갔다. 와이파이에 5000원씩 지불했다. 그런데 오늘은 돈이 있어도 살 수가 없었다. 그토록 널리고 널린 게 거기에만 없었다.

시간이 지나면 지금의 화가 가라앉을 걸 나도 안다. 지금 내 모습이 쓸데없이 비장한 감도 있어서 조금 웃기기도 하다. 하지만 그동안 뭐 하나 흠잡을 데 없던 카페가 왜 이토록 기본적인 부분을 아마추어처럼 처리해서 나 같은 단골을 떨어뜨리는지 아직도 의문이다. 덕분에 원고마감에 관한 내 바이브가 완전히 죽어버렸다. Don't Kill My Vibe!

문득 어느 트로트 가사가 떠오른다. "님이라는 글자에 점하나만 찍으면 도로 남이 되는…" 모두가 이 구절을 아이러니한 인생의 진리쯤으로 받아들인다. 정확히 말하면 '아이러니'하지만 분명한 '진리'로 받아들인다. 함께한 시간이 아무리 길어도, 함께한 추억의 밀도가 아무리 높아도 상관없다. 말 한마디, 사소한 결심 하나로 모든 것이 끝난다. 너무 쉽고 허탈하지만 뭐 어쩌겠어. 우리는 이 진리 앞에 늘 체념의 얼굴을 하고 있다.

그 진리를 거역할 방법은 없는 걸까. 맞서서 이길 순 없는 걸까. 헤어지자고 내뱉은 한마디가 연인이 함께 통과해온 세월의 단단함 앞에서 산산조각 나는 꿈. 절교하자고 내뱉은 한마디가 오랜 우정의 빛에 눈이 멀어 힘없이 땅에 떨어지는 꿈. 마지막을 결심하는 순간엔 늘 처음을 떠올리게 해줘. 오늘의 흠이 거슬릴 땐 그 사람이 주었던 수많은 것을, 우리가 함께 쌓아온 총합을 되짚어보는 여유와 현명함을, 나에게 줘.

그러고 보니 조금 전까지 고작 와이파이 때문에 지난 몇 년간 내 삶을 맡겨온 공간과 결별을 생각하고 있었던 건가.
내일 다시 그 카페에 가야겠다.

연결돼
있다는 느낌
2
—

여전히 폐지 줍는 할머니를 도와드리고 있다. 마주칠 때마다
인사를 한다. 오늘은 집 근처 카페에서 글을 쓰다가 나가서
리어카를 끌어드렸다. 할머니가 물어보신다.

　"저 카페에서 뭐 팔아유?"
　"커피 팔죠."
　"커피 말고 다른 거도 있어유?"
　"네. 주스 같은 것도 있어요."
　"언제 가서 한번 팔아줘야겠네."

할머니는 이 카페를 내 가게로 알고 있었다. 할머니에게 물었다.

"이거 하루 종일 모으면 얼마나 버세요?"

"1200원 정도 받쥬."

"네? 그걸로 어떻게 사세요?"

대답을 제대로 못하신다. 하루에 1200원 벌면서 뭘 5000원짜리 커피를 팔아주겠다고. 할머니 허세도 참.

갑자기 그동안 내가 드렸던 돈이 생각났다. 나는 이 할머니와 마주칠 때마다 만 원짜리 지폐 한 장씩을 쥐어드렸다.

"제가 그동안 드린 돈으로 뭐 좀 드셨어요?"

"그럼유. 반찬 같은 거 사서 먹었지."

일당 1200원을 버는 사람에게 누군가가 조건 없이 쥐여준 만 원짜리의 무게는 어느 정도일지 가늠하려다가, 그냥 내가 너무 건방진 것 같아서 포기했다.

할머니에게 집 주소를 물어봤다. 물이나 생필품을 배달

시켜드리겠다고 했다. 이마트 쓱배송은 클릭 몇 번이면 된다. 하지만 한사코 거절하신다. 집에 전화기도 없고, 물은 근처 약수를 떠 마시면 된다고 하신다. 네 번 정도 더 물어봤다. 계속 괜찮다고 손사래를 치신다. 필요하면 먼저 사달라고 하겠다는 다짐을 받고서야 나는 그만두었다. 돌아오는 길에 잠시 서서 내 방법이 서툴렀는지 생각했다.

　냉장고 안의 유통기한 지난 것들을 버리면서 나는 내 이웃의 숨겨진 가난을 떠올렸다. 아무도 숨기지 않았고 누구도 숨지 않았지만, 존재하지 않는 사람들이 있다. 동사무소에 숫자로만 존재하는 사람들. 지도에도 없는 곳으로 가 몸을 누이는 사람들. 나는 아직도 이 동네를 알지 못한다.

신혼집

—

일과를 끝내고 친구를 만났다. 곧 결혼하는 그 녀석은 며칠 전 신혼집을 마련했다. 남의 신혼집에는 발도 들이기 싫다는 나에게 그 녀석은 그러지 말고 들렀다 가라고 자꾸만 보챘다. 몇 번이나 보채는 통에 그냥 길을 따라 나섰다. 절박함 같은 게 느껴진 건 나의 착각이려니 하면서.

　길을 걸으며 얘기를 나눴다. 전세였다. 월세가 아니라 다행이구나. 2억 1000만 원이라고 했다. 대부분이 대출이라고도 했다. 여기에 아주 조금만 보태면 그 집을 살 수 있다고도 했다. 난 별로 할 말이 없어서 세상을 욕했다. 첫째로 전세가 비싸다고 욕했고, 둘째로 전세가와 매매가가 거의 차이가 없는 게 말이 되냐고 욕했다.

　신혼집은 3층이었다. 넓었다. 내가 보기엔. 거실이 있고
방이 4개나 있었다. 둘이 살기엔 확실히 넓었고 아이가 태어
날 것을 감안해도 넓어 보였다. 하지만 녀석의 생각은 달랐
다. 여자친구는 이 집을 넓게 생각하지 않는다고 했다. 바로
전에 살던 신혼부부도 아이가 생겨서 이 집을 떠난 거라고도
했다. 세상엔 내가 이해할 수 없는 것이 많지만 오늘 하나 더
늘었다.

　집에 들어가자마자 녀석은 이케아 가구를 조립했다. 요
며칠 동안 하루 다섯 시간씩 혼자서 가구를 조립한다고 했
다. 그 말을 할 때 녀석의 어깨에 내려앉은 무게를 봤다. 마
음을 바꿔 조금 더 있다 가기로 했다. 이케아 가구를 조립하
며 우린 한국 가구를 욕했다. 도대체 그동안 한국 가구가 얼
마나 남겨 먹어왔는지에 대해 이야기했다. 난 이케아가 정말
품질이 좋냐고 물었다. 그러자 녀석은 그런 편이라고 말하면
서 돈도 최대한 아낄 수 있다고 했다. 거실에 있는 소파가 이
케아 건데 저걸 한국 가구로 샀으면 몇십만 원은 더 주었을
거라고 말했다. 기분이 좋아 보였다. 덩달아 나도 기분이 조
금 좋아졌다.

그로부터 몇 분이 지나지 않아 알게 됐다. 다섯 장이었다. 녀석이 이 집과 가구를 마련하기 위해 돌려 막은 카드의 개수가. 조건반사적으로 난 물었다. 이렇게까지 해서 결혼을 해야 하느냐고. 그러자 녀석도 마치 준비했다는 듯이 바로 대답해왔다.

"신혼여행 갈 수 있잖아."
"신혼여행 가려고 결혼을 하냐?"
"어. 공식적으로 갈 수 있는 긴 여행이잖아."

왜 우리는 누가 가지 말라고 가로막는 것도 아닌데, 쉽게 떠나지 못하는 걸까. 물론 농담이 섞였을 것이다. 하지만 왜 농담으로라도 우린 길게 떠나기 위해 결혼이라는 어마어마한 구실을 대야만 하는 걸까.

휴대폰을 확인한 녀석은 여자친구에게 부재중 전화 두 통이 와 있다고 바로 전화를 걸었다. 약간 초조해 보였다. 난 그새를 틈타 집에 가겠다고 인사를 하곤 그곳을 빠져나왔다. 물론 통화중이었기 때문에 소리를 내진 않았다. 녀석의 여자친구가 내 목소리를 들으면 혹시라도 어떤 피해가 갈까봐 마치 수화를 하듯 손으로만 인사했다.

집으로 오는 길을 일부러 돌아서 왔다. 평소에는 효율 따지기 좋아하는 나지만 오늘은 최대한 돌아서 집에 가고 싶었다. 길 위에서 녀석에게 힘내라고 메시지를 보냈다. 그러자 녀석은 조립이 완성된 가구 사진을 답장으로 보내왔다. 잘했다고 답했다. 잘했다. 앞으로도 잘해라.

갑자기 누군가를 탓하고 싶어졌다. 왜 이렇게까지 해서 아등바등 살아야 하느냐고 누군가에게 소리 지르고 싶었지만 그 대상이 정확히 누구인지 알 수 없었다. 우리의 행복은 결국 남은 인생에서 대출금이 점점 줄어가는 광경을 지켜보고 안도하는 것뿐인지, 누군가 나에게 명쾌한 답을 해주었으면 좋겠는데, 아무도 얘기해주지 않았다. 유달리 길었던 귀갓길.

세월호

세월호 가지고 유난 떨지 말라고 한다. 세월호만이 '사고'였냐고 한다. 생각의 방향 자체가 잘못되었다. 모든 불행과 사고에 함께 슬퍼하고 연대해야 마땅하지만 현실적으로 그럴 수가 없으니, 세월호만이라도 잊지 말자는 것이다. 또 세월호만이라도 잊지 말자는 것은, (아픔의 정도를 측정할 수야 없겠지만) 그중 가장 아프게 다가오는 세월호 참사를 기억함으로써 우리가 늘 동시대를 향한 연민과 연대를 간직해야 함을 상기하려는 것이다. 이런 의미에서 세월호 참사는 실재이자 동시에 상징이다. 애초에 불가능한 완벽함을 상정한 후, 완벽하지 못할 바에 아예 모든 것에 눈감아버리자는 말은 과연 온당한가.

　2014년 4월 16일부터 내게는 사람을 판단하는 새로운 기준이 생겼다. 세월호 참사를 대하는 자세, 더 정확히 말하면 세월호 유가족을 대하는 자세. 그들 앞에 반대, 폄하, 비아냥거림, 음해는 물론이고 중립조차 있을 수 없다. 전적으로 세월호 유가족에 공감하고 같은 편이 될 수 있는 마음을 지니지 못한 사람들과는 여전히 가까이 지내고 싶지 않다. 지난 세월은 개인의 행복이 자주 죄스러웠던 시간이다.

　오늘 홍대 앞 횡단보도 중간에 한 남자가 서 있었다. 아직 찾지 못한 세월호 아이에 관한 표지판을 들고 있었다. 나는 잠깐 멈칫했으나 나도 모르게 다시 태연히 걸었다. 나와 함께 횡단보도를 건너는 모든 사람이 나처럼, 그렇게 태연히 횡단보도를 건넜다. 마음과 달리 난 그에게 아무런 도움이 되지 못했다. 그가 내 마음을 알아봤을 리 없다. 그런 일은 일어나지 않는다. 그에게 나도 그저 무심한 행인 1일 뿐이다.

　자신의 의지와 무관하게 갑자기 자식을 잃은 것만으로도 지옥인데, '정치꾼'에다 '탐욕'의 누명을 뒤집어쓴 부모들의 처지를 나는 아직도 이해할 수 없고 받아들일 수 없다. 이 '초현실'은 말 그대로 너무나 초현실적이라 어떨 때는 손에 잡히지도 않는다. 잊지 않겠다는 다짐만으론 부족하다. 하지만 난 그 다짐만 반복하고 있다. '내 삶의 여유가 허용하는 범위' 라는 게 늘 알량한 알리바이다. 오늘 홍대 한복판에 세월호 가 있었다.

장례식

—

장례식장에 다녀왔다. 입구 밖에서부터 눈에 밟히는 스타벅스는 내가 쓰러뜨려야 할 괴물 같았다. 여기가 어디라고 네놈이 들어와 있어. 저승 가는 길에도 고품격 아메리카노를 마시며 너의 근사한 브랜드를 소비하라 이거지. 나의 예민한 엄숙함은 곧 현금인출기와 맞닥뜨린다. 장례식장에 갈 때의 준비물은 오직 카드 한 장뿐이다. 지폐를 세며 이토록 편리한 배려에 축복을 빌다가 문득 죽음이 지폐 개수만큼 가벼워짐을 느낀다. 망자를 애도한 다음 악수를 나눈다. 당신의 심정을 전부 이해한다고 말하고 싶지 않다. 나는 내 크기만큼의 정확한 슬픔만 전하고 나온다. 친한 사람, 조금 덜 친한 사람, 오랜만에 보는 사람, 편한 사람, 조금 어색한 사람과 섞여 밥을 먹는다. 장례식장에서 나와 집으로 오는 길에 죽음은 조금씩 희미해진다. 집 문을 여는 순간 죽음은 완전히 잊힌다. 내가 슬퍼한 것은 무엇이었는지 생각한다.

경성고등학교 바로 옆에 있는 '카페 인홀릭'에 자주 간다. 일이든 친목이든 나를 찾는 사람들을 모두 이 카페로 부른다. 이유는 간단하다. 우리 집 바로 옆에 있기 때문이다. 하지만 그것만이 이유는 아니다. 집 근처에 있어도 절대로 안 가는 가게가 도처에 널려 있다. 카페 인홀릭에는 친절한 사장님이 있고 저렴하고 맛난 커피가 있으며 조용하고 아늑한 공간이 있다. 무엇보다, 이 카페의 와이파이 비밀번호는 'sewol0416'이다. 나는 이 카페에서 '연대'도 마신다.

배달
월드
一

혼자 산 지 몇 해가 지났다. 물론 늘 추억과 함께 살지만 추억은 사람이 아니다. 난 나 혼자 산다! 최대 고민은 역시 먹을거리다. 요리를 직접 하는 건 여러모로 비효율적이라 주로 배달 앱을 이용한다. 오늘도 배달 앱을 켜고 어떤 가게가 새로 생겼는지, 이 가게의 평점은 좋은지 확인한다. 그러다보면 나도 모르게 사람들과 악수하는 기분이 든다. 진부한 말이지만 배달 앱 안에는 사람 사는 세상이 있다.

　새 메뉴를 앞으로는 팔지 않겠다는 돈가스집 사장님의 답글을 읽었다. 재주문 의사가 없다는 누군가의 리뷰에 마음이 상했다는 것이다. 프로답지 않다고 잠깐 생각했지만 솔직하게 털어놓은 그의 인간미가 더 기억에 남았다. 다음에는 신장개업한 떡볶이집의 리뷰를 클릭했다. 잘 찍은 사진과 칭찬 가득한 글이 눈에 들어온다. 아이디를 눌러본다. 공교롭게도 그가 리뷰를 남긴 몇몇 가게는 모두 똑같은 사람이 운영하고 있었다. 부당하다고 잠깐 생각했지만 이내 절박함이 더 크게 와 닿았다. 최소한 남의 가게를 훼방한 건 아니지 않나. 그렇게라도 해서 한 번이라도 더 노출되기를. 이 치열한 전장에서 결국엔 살아남기를.

나 역시 이 '배달 월드'에 사는 시민이다. 이 세계에서 나는 나만의 법칙에 따라 행동한다. 예를 들어 혼밥족을 위해 1인분도 배달해주는 가게에 주문할 때면 나는 꼭 사이드메뉴를 한두 개 더 시킨다. 사장님, 제가 2인분은 못 시켜도 1.3인분 정도는 꼭 시킬게요. 또한 나는 만 원 이상 주문할 때만 할인쿠폰을 사용한다. 배달대행비가 몇천 원이 넘는데 만 원에서 또 천 원을 깎는 건 정말 못할 짓이다. 배달예정 시각을 넘겨 음식이 도착할 때도 좀처럼 불만을 제기하지 않는다. 다만 오토바이로 하루 종일 종횡무진했을 그가 안전하기를 바랄 뿐이다.

오늘도 나는 계단을 오르는 발소리가 들리는 순간 현관

앞에 대기한다. 노크 소리가 들리면 최대한 빠르게 대답한 후 고맙다는 인사를 건넨다. 음식을 받고, 마음을 보냈다.

좋아요

―

한 해를 마무리하며 페이스북의 '한 해 돌아보기'를 클릭했다. 연말에 페이스북이 마련한 임시 기능이었다. 간단한 클릭만으로 한 해 동안 내가 페이스북을 어떻게 사용했는지 알려주는 서비스였다. 다른 것들이야 뭐 그렇다 치는데, 한 가지 믿을 수 없는 항목이 있었다. 내가 한 해 동안 남의 글에 좋아요를 1846개나 눌렀다고? 그러니까 내가 하루에 평균 5개 정도의 좋아요를 남의 글에 눌렀다는 거지 지금? 도저히 믿을 수 없다. 내 기억으로는 1년간 100개도 채 누르지 않았다. 아니, 50개도 안 된다. 좋아도 안 좋은 척하려고 내가 얼마나 노력했는지 알아? 연기학원 다닐 생각까지 했어. 아닌 척하는 게 얼마나 힘든 일인지 마크 저커버그 네가 아느냐고.

물론 그와 반대로 좋아요를 받는 건 언제나 기분 좋은 일이다. 내가 좋아요를 누르지 않아도 나에게 좋아요를 눌러주는 사람이 나는 제일 좋다. 나는 가끔 그런 사람들과 파티를 하는 상상을 한다. 실제로 난 '시간대별 좋아요 개수 경향'을 대체로 알고 있다. 새벽에 원고를 쓰다보면 좋은 생각이 떠오를 때가 많은데, 그럴 때면 바로 페이스북에 쓰고 싶은 욕망이 솟구치지만 일단 참는다. 새벽에서 이른 아침까지는 좋아요 개수가 가장 저조하기 때문이다. 지금 이 순간적인 충동 때문에 대업을 무너뜨리지 말자고 제군. 나의 위대한 생각을 좋아요 10개 이하로 날려버릴 순 없지. 혼자 보고 혼자 만족할 거면 내가 왜 페이스북을 써? 자물쇠 달린 일기장에 쓰지. 그래서 꾹 참고 있다가 주로 오전 열 시에서 오후 한 시 사이에 올린다. 지금 당신은 이런 날 자랑스러워하고 있군.

때로는 극단적인 결단을 감행해야 하는 순간도 있다. 관우가 화웅의 목을 일격에 베듯 회심의 글을 올렸으나 기대 이하의 반응이 돌아올 때가 그렇다. 관우 대접을 바랐는데 페친들이 나를 하후무로 대하면 곤란하다. 좋아요 헌터로서, 이럴 때는 정말 견디기가 쉽지 않다. 정신력으로 버틴다. 대표적으로 난 이 문장을 하루에 두 번 올린 적이 있다. 경험에서 나온 깨달음이었다.

> "사람들은 어떤 사람이 이루어낸 것에만 집중할 뿐… 그 사람이
> 견딘 외로움에는 관심이 없다…"

몇 시간의 시차가 있었다. 처음 올렸는데 페친들이 바빠서 못 보고 지나친 것 같아 몇 시간 후에 다시 올렸다. 결과는 꽤나 만족스러웠다.

좋아요에 대해 이야기하다보니 좋아요도 다 같은 좋아요가 아니라는 생각이 든다. 좋아요에도 다양한 결이 존재한다. 이를테면 어떤 좋아요는 습관적이고, 어떤 좋아요는 말 그대로 그냥 좀 좋은 정도다. 한편 어떤 좋아요는 스쳐 지나가기도 하고, 어떤 좋아요는 마음의 무게를 실어 꾹 눌러본 부끄러운 진심이다. 이런 좋아요는 마음을 알아주길 바라는 무언의 신호다. 게다가 좋아요를 누르지 않았지만 어떤 좋아요보다도 제법 큰 관심과 마음들이 투명하게 페이스북을 부유한다. 형체를 드러내지 않은 채로. 사실 좋아도 좋아요를 안 누르고 안 좋은 척한다고 말했던 건 거짓말이다. 좋아요

를 안 누르는 건 맞지만 안 좋은 척한다는 건 거짓말이다. 그
게 내가 무언가를 좋아하는 방식이다. 좋아하는 대상에게 굳
이 내 실체를 드러내고 싶지 않다. 당신을 좋아하는 내 모습
을 굳이 확인받고 싶지도 않다. 그냥 눈팅이나 하면서 당신
을 계속 좋아하는 중이다. 하지만 나의 눈팅은 누군가의 좋
아요보다 진하고 강하다.

사실 좋아요 버튼은 늘 우리에게 이렇게 말하는 중이다.

"시간 없으시죠? 글 잘 못 쓰시겠죠? 귀찮으시죠? 그럼 그냥
이 버튼 하나 누르세요. 다 해결되거든요."

문득 좋아요가 없는 세상을 상상해본다. 만약 좋아요 버
튼이 없다면, 어쩌면 우리는 좋아하는 마음을 표현하려고
'터치 한 번' 대신 긴 문장을 쓸 수도 있지 않았을까. 그렇다
면 우리는 정말로 좋아서 누른 건지, 그냥 글을 읽었다는 표
시로 누른 건지, 그것도 아니면 아무 생각 없는 습관인 건지
모를 좋아요보다는 조금 더 상대방의 마음을 깊게 어루만질
수 있을지도 모른다. 좋아요가 없었다면 우리는 지금보다 엇
갈리지 않았을 것이다. 좋아요가 없었다면 우리는 더 많은

마음을 섞었을 것이다. 오늘만은 좋아요에 좋아요를 누르고
싶지 않다.

서브컬처클럽

우리
닮았나요
—

태어났을 때부터 힙합을 좋아하진 않았다. 태어났을 땐 분유를 좋아했다. 하지만 지금은 분유보다 힙합을 더 좋아한다. 그렇게 된 이유에는 여러 가지가 있지만 만약 지금 내가 "힙합을 처음 접했을 때 솔직하고 진실한 가사가 좋았어요"라고 한다면 그 말은 거짓이다. 힙합을 처음 접했을 무렵엔 영어 랩을 모두 이해하면서 듣지는 못했기 때문이다. 즉 힙합이 한국인인 나에게 처음으로 스스로를 어필했던 건 영어로된 '메시지'를 통해서가 아니라 '사운드'를 통해서였다. 사운드가 먼저였고 메시지는 조금 후였다.

더 구체적으로 말하면 힙합의 '샘플링' 작법이 나를 매료

시켰다. 비록 처음은 그랬다. 루프를 통해서 무한히 반복되는 이 소리가 프로듀서가 직접 연주한 것이 아니라고? 이미 남이 연주해놓은 걸 가져다가 쓴 거라고? 그런 걸 '샘플링'이라고 부르고 그게 힙합의 장르적 핵심이라고? 헐. 그 후 난 '충격-부정-분노-타협-우울-수긍'이라는 6단계를 겪게 되었다, 는 건 드립이고, 다만 일종의 배신감이 들었던 건 맞다. 뭐야 대체 이 음악은. 이런 음악은 처음이라 어떻게 대처해야 할지 모르겠는걸.

그러나 내가 좋아하는 힙합 곡과 그 곡이 샘플링한 원곡을 비교해가며 듣는 과정은 곧 나의 취향이 저격당하고 끝내는 점령당하는 과정이었다. '남이 애써 창작해놓은 음악을 날로 가져다 먹는 음악이 아닌가' 하는 나의 의구심은 이내 '힙합은 놀랍도록 새롭고 혁명적인 음악이야!'라는 감탄으로 바뀌었다. 힙합은 샘플링을 통해 모든 음악을 '재창조'하고 있었다. 원곡의 BPM을 줄이고 늘이면서, 원곡을 토막 내고 재배열하면서, 원곡의 '보컬'을 랩의 '배경'으로 쓰면서, 그리고 10개의 원곡에서 추출한 10개의 다른 소스를 콜라주해 한 개의 곡으로 만들어내면서 말이다. 원곡에서는 그냥 스쳐지나갈 뿐인 소리가 샘플링을 통해 힙합 곡의 핵심이 되고,

그 덕분에 세상의 재조명을 받는 경우가 허다했다. 힙합이 기존 음악에 기생하는 것이 아니었다. 오히려 지나간 음악에 새로운 생명을 불어넣고 있었다. 샘플링을 통해서.

실제로도 힙합의 샘플링 작법은 '파격'이자 '혁명'으로 평가받는다. 그것은 기존 음악 작법의 답습은 물론 변주도 아니었다. 카테고리가 완전히 달랐다. 전에 없던 새로운 무엇이었다. 이 점이 나를 자극하고 매혹했다.

나는 햇수로 14년째 한국에서 힙합에 관한 일을 하고 있다. 한국에서 힙합에 대한 책을 쓰고 힙합영화제를 처음으로 만드는 일이 누군가에게는 무가치하거나 미련한 짓일지 몰라도, 나에게는 전에 없던 새로운 길을 앞장서서 개척하며 깃발을 꽂는 일이다. 힙합을 다루며 힙합과 닮은 삶을 사는 데 자부심을 느낀다.

슬픈
승리

—

경기창작센터에서 김경주 시인, 래퍼 엠씨메타와 함께 워크
숍을 했다. 토크타임 때 김경주 시인이 날 가리키며 말했다.

"김봉현 씨는 힙합 저널리스트인데 흑인 친구가 한 명도 없어요.
이게 말이 되나요? 처음엔 믿을 수가 없었어요."

이 말을 듣고 내 안에서 그동안 쌓인 게 터져 나왔다.

"죄송한데 제대로 말해주시겠어요? 전 흑인 친구만 없는 게 아
니라 친구 자체가 없는데요?"

멋지게 한 방 먹였다. 하지만 슬픈 날이었다.

IDGAF

—

진중권이 패널로 나왔던 2007년의 개고기 식용 관련 토론 영상을 오랜만에 다시 봤다. 오늘 본 〈옥자〉가 나를 다시 이 영상으로 이끌었다. 그런데 보다보니 주제와 상관없는 진중권의 말이 마음에 꽂혔다. 개고기 식용을 반대하는 다른 나라와의 좋은 관계를 위해 이를 재고할 필요가 있고, 이것은 일종의 예의라고 상대방 패널이 말하자 그가 한 대답이었다.

"왜 우리가 그래야 하죠? 자기를 포기하면서까지 예의를 지킬 필요는 없다고 봐요"

이럴 수가. 개고기 토론을 보다가 정작 얻은 건 힙합의 'IDGAF(I Don't Give A Fuck)' 태도였다. 내가 강연할 때 IDGAF에 대해 늘 강조하는 지점이 진중권의 말과 정확히 일치했다.

IDGAF는 멋대로 행동해도 된다는 말도 아니고, 남에게 피해를 끼쳐도 상관없다는 뜻도 아니다. 다만 남의 시선과 기분에 맞추기 위해 정작 자신의 행복을 잃지 말라는 것이다. '과도한 눈치 보기'와 '남의 기분을 망치지 않으려고 자신의 행복을 스스로 걷어차는 행위'가 지금 우리 사회에서 '예의'나 '배려'라는 허울로 통용되고 있지 않나 고민해보자는 것이다.

나는 타인에게 피해 끼치는 걸 극도로 싫어하는 사람이지만 동시에 온전한 나 자신으로 살아가고 싶은 사람이기도 하다. 이 둘은 모순이 아니다. 양립할 수 있다. 그러나 이 사회는 자기 자신으로 살아가는 사람들에게 자주 부당한 꼬리표를 붙이며 깎아내린다.

쟤 버릇없네. 쟤 옷차림이 이상해. 쟤 타투했어. 쟤 머리가 왜 저래? 왜 내가 하자는 대로 안 해? 왜 내 말에 토를 달아? 왜 다른 사람들은 안 웃는데 너만 웃는 거야? 왜 넌 나한테 잘 보이려고 안 해?

정작 그런 이야기를 듣는 사람들이 잘못한 건 하나도 없다. 물론 피해를 준 것도 없다.

지난달에 했던 한 강연이 생각난다. 특히 IDGAF 태도에 대해 집중적으로 이야기한 날이었다. 강연이 끝난 후 어떤 50대 아주머니가 달려오시더니 너무 잘 들었다며 내 손을 잡고 놓지 않았다. 그는 지금껏 얼마나 많은 가짜 예의와 가짜 배려 속에서 살아왔던 걸까. 얼마나 힘겨웠던 걸까.

"날 좋아해주면 고맙지만 이런 내가 싫어도 어쩔 수 없어. 난 너에게 피해를 끼치지 않고 다만 있는 그대로의 나로 살아갈 뿐이야. 만약 이런 나를 네가 좋아해준다면 나도 고마운 마음으로 너와 잘 지내보려고 노력할게. 하지만 그 반대라면 미안하지만 나 자신을 포기하면서까지 너에게 맞출 생각은 없어."

힙합이 나에게 알려준 삶의 태도다.

머라이어
캐리
—

〈힙합 아너스^{Hip Hop Honors} 2017〉을 방금 다 봤다. 〈힙합 아너스〉
는 음악채널 VH1에서 개최하는 공연 및 시상식이다. 내 책
《힙합: 블랙은 어떻게 세계를 점령했는가》에 쓴 내용을 인용
해 소개하자면 다음과 같다.

> 더 나아가, 힙합에서는 아예 리스펙트를 정체성으로 삼는 정기
> 적인 행사가 따로 있다. 〈힙합 아너스〉가 그것이다. 2004년부
> 터 시작한 이 행사는 말 그대로 명예와 존중을 근간으로 한다.
> 1년마다 한 번씩 힙합 선구자들의 업적을 리스펙트하는 것이
> 다. 예를 들어 첫 번째 행사였던 2004년에는 쿨허크^{DJ Kool Herc}, 케

이알에스-원^{KRS-One}, 투팍^{2pac} 등이 리스펙트 대상이 되었고 이듬해인 2005년에는 그랜드마스터플래시앤드더퓨리어스파이브^{Grandmaster Flash & the Furious Five}와 아이스-티^{Ice-T} 등이 이 영예를 안았다. 이 행사의 가장 흥미로운 부분이 있다면, 바로 선구자들이 직접 보는 앞에서 후대 래퍼들이 선구자들의 노래를 공연한다는 점이다. 후대 래퍼들은 자신이 어릴 적 듣고 자라 영향 받은 노래를 무대에서 공연하며 선구자들을 향해 리스펙트를 표하고, 선구자들은 이에 감사로 화답한다.

2017년의 콘셉트는 'The 90's Game Changers'였다. 이름하여 '90년대에 시대를 바꾼 사람들.' 먼저 팀버랜드^{Timbaland}와 함께 힙합 사운드의 흐름을 바꿨음은 물론 여성 래퍼로서 여러 선구적인 행보를 보여준 미시 엘리엇^{Missy Elliot}이 오프닝 공연을 담당한다. 그리고 몬텔 조던^{Montell Jordan}의 〈This Is How We Do It〉, TLC의 〈No Scrubs〉, 워렌 지^{Warren G}의 〈Regulate〉 빅펀^{Big Pun}의 〈Still Not A Player〉 등이 'Power Party Anthems'라는 이름으로 묶여 무대 위에서 흐른다(퍼포먼스는 타이 달러 싸인^{Ty Dolla $ign}, 팻 조^{Fat Joe}, 레미 마^{Remy Ma} 등이 했다). 그런가 하면 1990~2000년대에 수많은 힙합 뮤직비디오를 찍으며 여러

본보기를 남긴 하이프 윌리엄스^{Hype Williams}가 공로상을 받고, 테야나 테일러^{Teyana Taylor}는 무대 중간중간에 투팍과 비기^{Notorious B.I.G.}의 히트곡에 맞춰 댄서들과 퍼포먼스를 선보인다. 물론 프로디지를 빼놓을 순 없다. 해벅^{Havoc}은 세상을 떠난 친구 프로디지 대신 패볼러스와 함께 무대를 꾸민다. 아, 마틴 로렌스^{Martin Lawrence} 역시 등장한다. 뮤지션은 아니지만 연기자로서 그가 쌓은 업적과 힙합 커뮤니티에 끼친 영향력을 존중한 결과다.

가장 인상적이었던 건 머라이어 캐리^{Mariah Carey}에 대한 리스펙트다. 사실 나에게 머라이어 캐리는 팝 디바로서보다는 힙합친화적인 보컬리스트로 더 강하게 남아 있다. 실제로 그녀는 1990년대 중후반부터 꾸준히 래퍼들을 자기 노래에 참여시켰다. 올 더티 바스타드^{Ol' Dirty Bastard}, 퍼프 대디^{Puff Daddy}, 메이스^{Mase}, 록스^{Lox}, 캠론^{Cam'ron}, 제이지^{Jay-Z}, 웨스트사이드 커넥션^{Westside Connection} 등이 그녀의 노래와 뮤직비디오에 등장했다. 또 2000년대 이후 발표한 그녀의 앨범들은 사실 백인팝이라기보다는 힙합과 흑인음악이 강하게 자리 잡은 팝앨범이라고 봐도 무방하다. 2000년대를 대표할 만한 질 좋은 메인스트림 힙합+알앤비 사운드가 머라이어 캐리의 앨범에 쏠쏠히 담겨 있다. 또 머라이어 캐리의 뮤직비디오 리스트는 곧 '1990~2000년대 미국 힙합의 가장 쿨하고 멋진 모습'과 거의 일치한다. 이런 맥락에서 머라이어 캐리의 무대가 시작하기 전 화면으로 나오는 스티비 제이[Stevie J]의 인터뷰는 인상적이다.

"힙합은 언더그라운드였어요. 유명해지기 전이었죠. 그런데 머라이어 캐리가 자기 노래에 올 더티 바스타드를 참여시켰어요. 그 후 힙합은 어딜 가도 들을 수 있게 되었죠."

스티비 제이뿐이 아니다. 우리가 좋아하고 인정하는 많은 힙합 아티스트 및 관계자들이 머라이어 캐리에 대한 리스펙트를 표하고 있었다.

"당신 덕분에 우리 음악과 문화가 더 많은 사람에게 알려졌어요."
"당신이 래퍼들과 작업하기 시작하면서 새로운 흐름이 만들어졌어요."
"머라이어 캐리가 이 신[scene]을 혁신시켰어요."

그 후 머라이어 캐리의 오래된 인터뷰가 나온다.

"사람들은 음악을 자꾸만 나누려고 해요. 이건 흑인음악이야,
저건 백인음악이야 하면서요. 하지만 전 그런 건 굳이 필요하지
않다고 봐요."

머라이어 캐리가 힙합에 대해 깊은 내공을 가지고 있진
않았을 것이다. 또 힙합을 발전시키려는 명확한 의도가 있었
던 것도 아닐 테고, 그런 유의 사명감 따위를 가지고 있지도
않았을 것이다. 그러나 빌보드어워드도 아니고, 힙합에 대한
순도로만 따지면 따라올 행사가 없을 〈힙합 아너스〉에서 머
라이어 캐리를 향해 리스펙트를 표하며 그녀를 힙합의 일원
으로 인정했다. 그들은 이제 전성기도 다 지나고 얼마 전 공
연사고도 일으킨 머라이어 캐리를 퇴물 취급하며 무시하는
대신, 그녀의 좋았던 시절과 그녀가 쌓은 공로를 기억하고
재평가하며 지금 세대에게 그것을 알렸다. 이 광경은 나에게
꽤나 인상적으로 다가와 박혔다. 그리고 갑자기 떠오른 몇
가지에 대해 고민하게 만들었다. 그 몇 가지는 아래와 같다.

(1) 〈쇼미더머니〉 제작진은 훗날 어떤 평가를 받게 될까. 한국힙합의 팬들은 10년 후에 그들에게 고마워하게 될까, 아니면 사뭇 다른 감정을 가지게 될까.

(2) 나에게 어떤 식으로든 직간접적으로 좋은 영향을 준 사람/대상에게 고마움과 존중을 표하는 문화 vs 영향을 받았으면서도 아닌 척하며, 오히려 깎아내리고, 잘되는 사람 끌어내리는 문화

(3) 다음은 얼마 전 래퍼 허클베리피가 나에게 해준 말이다. 이 글과 더없이 어울린다고 생각한다.

"세월이 많이 지났기 때문에 어떤 래퍼가 예전에 가졌던 열정과 스킬을 지금은 못 보여줄 수도 있어요. 그런데 저에게 리스펙트란, 그때와 지금이 달라졌으니까 지금은 리스펙트를 안 하는 그런 게 아니에요. 제가 이 사람의 어떤 부분을 리스펙트하는 시기가 있었다면, 지금은 그때와 달라졌다고 리스펙트를 안 하는 게 아니라 그럼에도 불구하고 리스펙트. 그게 저의 리스펙트예요."

선물

—

감옥에 있는 친구에게 내 책을 선물할 거라고 했다. 출소하려면 아직 몇 년이 남았다고 했다. 솔직히 말해서, 자기가 봐도 나쁜 짓을 했다고 했다. 그러고는 책 표지를 넘기며 뭔가 멘트를 써달라고 했다. 잠시 고민하다가, 힙합이 만들어낸 영웅들이 어떤 사람들이었는지 떠올렸다. 다른 때보다 훨씬 예쁜 글씨로 적었다. 나에게도 잊지 못할 순간이었다.

"래퍼들은 '힙합이 자신의 삶을 구원했다'고 말합니다. 실제로 힙합은 '바다'와 같은 음악이라서, 기성 질서에서 잠시 일탈했거나 사회의 보편에 어긋난 사람들을 다 받아주었습니다. 그리고 그런 사람들이 자신의 삶을 개선하고자 하는 열망을 녹여내고, 바닥에서 위로 올라가려는 의지를 투영한 음악이 바로 랩이고 힙합입니다. 이 책으로 다른 음악과 다른 힙합의 힘을 느끼시길 희망합니다."

펄프극장

나는 몇 년 전부터 김경주 시인과 여러 작업을 함께 해오고
있다. 언뜻 전혀 어울리지 않아 보이지만 실은 그와 나는 꽤
많은 공통점을 가지고 있다. 가끔 누군가와 만난 자리에서
그와의 공동작업에 대한 이야기가 나올 때가 있다. 그러면
사람들은 어김없이 이런 이야기를 해온다.

"김경주 시인은 생각했던 거랑 너무 다르던데요. 시하고 많이
달라서 놀랐어요."

그에 대한 나의 첫인상도 별반 다르지 않았다. 그는 하루

종일 우수에 차 있거나 '세상에 없는 계절'을 시도 때도 없이 고민하는 사람은 아니었다. 대신에 그는 인조인간처럼 잠을 자지 않고, 끊임없이 프로젝트를 만들어내며, 시시콜콜한 농담을 즐겨 하는 사내였다. 인간은 누구나 비애와 농담을 함께 머금을 수 있음을 사람들은 자주 잊는다.

김경주 시인의 에세이집 《펄프극장》은 내가 아끼는 책 중 하나다. 자주 읽지는 않지만 가끔 꺼내서 한 챕터씩 읽곤 한다. 나는 이 책을 읽으면서 그가 사흘에 평균 한 번꼴로 나를 놀리던 기억("힙합 평론을 쓰면서 왜 친한 흑인 친구가 한 명도 없어?")을 떠올리기도 했고, 이별 후유증은 과소비로 버티는 법이라며 2주간 나로 하여금 300만 원을 쓰게 했던 몇 년 전 여름의 일도 기억해냈다(나는 보통 결혼식에 안 가는 걸로 복수하는데 그에게는 소용없는 방법이다). 그만큼 《펄프극장》은 장난기로 가득하다. 그러나 이 책이 실은 장난기로는 시시하게 덮어버릴 수 없는 아이디어와 재기, 문장력, 디테일로 가득하다는 사실이 나를 감탄하게 하다가, 미치고 팔짝 뛰게 하고, 끝내는 조금 외롭게 만든다. 외로움을 못 견디고 울면서 달리다가 도깨비방망이를 내리치면 그때마다 이런 책이 내 이름으로 한 권씩 뚝딱 나왔으면 좋겠다.

열등감에 반지하에서 뛰어내리고 싶은 마음을 간신히 억누르고 말한다. 이 책은 세상을 구원하는 것이 결국 사소함에의 과도한 집착과 허황된 상상, 그리고 실없는 농담이라는 사실을 깨닫게 한다. 나는《펄프극장》의 생생한 얼간이스러움이 너무도 사랑스럽다.

뜬금없이 왜 다른 사람의 책 이야기를 하느냐고? 다 이유가 있다. 건방진 말이지만 나의 글을 좋아하는 사람이라면 이 책도 좋아하게 될 것이라고 확신하기 때문이다. 즉 나는 지금 '정확한 추천'을 하고 있는 셈이다. 고마워하지는 않아도 된다.

그런 의미에서 아예 리스트를 만들어보았다. 다음의 항목에 많이 공감할수록 당신이《펄프극장》을 좋아할 확률이 높다. 무엇보다 다음의 항목에 많이 공감할수록 당신과 나는 좋은 친구로 지낼 수 있다. 특히 10개 이상 공감한 사람이 있다면 내게 메일을 보내주기 바란다. 당장 연남동에서 맛있는 식사를 대접할 테니. murdamuzik@naver.com이다.

- 〈건축학개론〉을 극장에서 두 번 보고 두 번 다 남이 알아챌 만큼 울었으며, 이 사실을 사람들에게 당당히 말할 수 있다.

- 남들은 나에게 뻔뻔하다고 하지만 나는 나를 fun! fun! 하다고 생각한다.

- 《진격의 거인》을 보고 가장 기억에 남는 것은 거인의 거대함이나 작품에 숨은 일본의 야망 따위가 아니라 처음부터 끝까지 오로지 에렌을 지키기 위해 목숨을 거는 미카사의 순정이다.

- 왕가위의 영화를 볼 때 큰 가위를 옆에 두고 본 적이 있다.

- 사람은 주기적으로 허세로 삶을 견디는 시기가 있다고 믿는다.

- 영화 〈러브레터〉의 "나는 태연한 척하며 그걸 주머니에 집어넣으려고 했다. 그런데 내가 좋아하는 앞치마에는 어디에도 주머니가 달려 있지 않았다"라는 대사를 신의 한 수라고 생각한다.

- '292513'의 뜻을 아직도 찾아 헤맨다.

- 《안네의 일기》를 읽고 감명을 받아서 자물쇠 달린 일기장을 구입했고, 매일 일기를 쓰다가 독일군한테 걸리면 의미가 없다는 생각에 접은 적이 있다.

- 짝사랑하는 여자 앞에서는 어버버 하다가 사람들 앞에서는 베이비라고 부르며 으스댄 적이 있다.

- 〈첨밀밀〉을 보고 한동안 진가신을 영화의 신으로 섬겼고, 자전거 신에서 장만옥이 다리를 앞뒤로 흔드는 모습을 백 번 이

상 돌려보았다.

- 내 이름이 만약 혜민이라면, 혜민 스님에게 "혜민 스님, 제 이름도 혜민이에요"라는 편지를 보냈을 것이다.

- 인간은 결국 2등일 뿐이고 1등은 자연이다.

- 서재필 박사 같은 안경을 끼고 수염을 길렀으며 긴 코트를 입은 남자를 볼 때면 홍콩에서 보낸 킬러일지도 모른다는 생각에 마음의 준비를 한다.

- 껌을 맛없게 씹는 사람을 저주한다.

태조 왕건

—

오래된 드라마를 즐겨 보는 편이다. 어린 봉현이의 기억에 흐릿하게 남아 있는 작품을 세월이 흘러 어른 봉현이가 비로소 제대로 감상하는 중이다. 요즘은 〈태조 왕건〉 시즌이다. 시청에 앞서 경건한 마음가짐을 위해 왕관을 쓴 후 가짜수염도 붙였다. 가장 강렬한 인물은 역시 '궁예'다. 분야를 막론하고 이 정도 경지의 '퍼포먼스'를 보여준 사람에게는 경배를 하는 것이 마땅하다. 문득 38회의 어느 장면이 떠오른다. 궁예는 호화로운 잔칫상을 비판한 뒤 사치스러운 유리병을 땅에 내리치며 일갈한다.

"짐은 궁궐에서도 이렇게 호화로운 물건은 쓰지 않아!"

나는 그날 고려의 황궁 앞으로 팬레터를 써서 우체통에 넣었다. 2018년의 마음이 901년에 가 닿기를.

〈태조 왕건〉을 보는 나만의 관전 포인트가 있다. 드라마 속 배우들이 지금은 무엇을 하는지 인터넷 검색을 해보는 일이다. 이 과정에서 뜻밖에도 많은 '죽음'과 마주쳤다. 왕건의 장인 유천궁을 연기했던 김진해 배우는 드라마 종영 3년 후 세상을 떠났다. 당뇨 합병증이었다. 견훤의 책사 능환을 연기했던 정진 배우는 2016년 암으로 고인이 되었다. 백씨부인 역의 박주아 배우 역시 암으로 유명을 달리했는데 그의 사망은 아직도 의료사고로 의심받고 있다. 이 외에도 여러 명이 세상을 떠났다. 그 후부터 고인이 된 배우들이 화면에 등장할 때마다 '역할'이 아니라 '사람'이 보이고, '연기' 위에 그들의 '개인사'가 겹쳐져 보였다. 조금은 애틋하고 그보다 약간 더 괴로운 광경이었다.

그러고 보니 영화 〈대부〉를 볼 때도 마찬가지였다. '프레도' 역 배우가 1978년에 이미 죽었다는 것을 안 후 한동안 나는 충격에서 헤어나오지 못했다. 지금껏 한 번도 만나지 않았던 사람인데 앞으로도 영원히 만날 수 없다는 사실이 매번 나를 미치게 한다. 그리고 여전히 나는 이 감정을 논리적으로 설명해낼 수 없다. 오래된 것은 좋기도 하고 싫기도 하다.

동주

一

영화 〈동주〉를 좋아한다. 극장에서 두 번 봤다. 롯데시네마 홍대입구에서 두 번 봤다. 한 번은 혼자, 한 번은 아는 후배랑 봤다. 영화가 시작하기 전에 후배에게 미리 부탁했다.

> "내 생각엔 영화 보다가 내가 울 수도 있는데, 내가 우는 모습
> 인스타그램에 올리고 싶으니까 그때 사진 좀 찍어줘."

나와 가까이 지내려면 나의 이런 모습을 사랑하거나, 최소한 견뎌야 한다.

나는 〈동주〉가 좋은 영화라고 생각한다. 취향을 저격하

기도 했지만 만듦새로 보아도 좋다고 생각한다. 하지만 영화 〈동주〉를 좋아하는 것과 윤동주의 시가 훌륭하다고 생각하는 것은 별개일 수 있다. 그리고 윤동주라는 인물을 좋아하는 것과 윤동주의 시가 훌륭하다고 생각하는 것 역시 별개일 수 있다. 솔직히 난 세상이 윤동주의 시를 반기는 것만큼 그의 시가 훌륭한지는 잘 모르겠다. 더 공부할게요. 뭐라고 하지 말아주세요. 어리다고 놀리지도 말고요.

《동주 OST》도 즐겨 듣곤 했다. 이 앨범이 바이닐로 나왔으면 좋겠다. 이 앨범이 나의 바이닐 콜렉션에 추가되면 좋겠다. 그래서 직접 제작해볼까 생각도 했다. 난 바이닐을 어떻게 제작하는지 알고 있다. 수익은 필요 없으니까, 그저 한 장만 내 걸로 가지게 해주세요. 특히 강하늘이 직접 부른 〈자화상〉은 왜 이렇게 좋은 거야? 지금도 듣고 있네. 노래를 통해 영혼까지 맑아지는 느낌이란 이런 것이다.

〈동주〉에서 송몽규를 연기한 배우 박정민은 이 영화로 많은 주목을 받았다. 상도 탔다. 백상예술대상에서 남자신인연기상을 받았고, 청룡영화제에서도 신인상을 받았다. 내가 받은 것처럼 기분 좋은 일이다. 이렇게 된 김에 아는 사람들에게는 내가 받았다고 이야기하고 다닐 생각이다.

또 나는 박정민의 한 인터뷰를 기억하고 있다.《씨네21》인터뷰였다. 사실 이 인터뷰야말로 이 글을 쓰게 된 동기이기도 하다.

오늘 영상원 동기 누나가 "요즘 연기 좋다는 얘기 많더라. 잘됐으면 좋겠다"고 보낸 문자에 "그냥 한철이에요. 또 제자리로 돌아가 생계와 싸우겠죠"라고 답장했다. 그게 진심이다. 〈동주〉 때문에 내가 단박에 스타가 되진 않을 거다. 알고 있는데 답장을 보내놓고 조금 슬펐다. 돈 없어도 된다고 생각했던 옛날 그 마음이 생각나서. 전쟁터에 들어와서 나는 꽃으로 싸우겠다고 말할 수 없잖나. 총을 들어야지. 초심이란 게 되게 중요한데 그때로 돌아가진 못할 것 같다는 생각도 들었고, 돌아갈 수 없다는 불안감도 들었다. 영상원 동기 중 가장 먼저 데뷔했는데 먹고사느라 바빠서 연락을 못했다. 그러다보니 아예 못하게 됐다. 내가 아직도 아무것도 아니라서. 지금 이 인터뷰도 너무 신나서 전날부터 기다렸다. 그런데 〈동주〉가 지나가고 이 모든 게 끝났을 때, 그러면 난 또 무엇과 싸워야만 되겠구나 생각하니 복잡 미묘하다.

인터뷰 중 이 부분이 가장 인상적이었다. 노파심에 말하지만 먹고살기 힘든 배우에 대한 연민 따위가 아니다. 성공을 대하는 가장 좋은 자세인 것 같아 인상적이었다. 순간을 누리되 들뜨지 않는 것. 지금의 관심이 결국은 신기루에 가까운 것이며, 중요한 건 나 자신과의 대화이자 싸움이라는 사실과 마주하는 것. 한 방으로 모든 게 변하리라는 기대를 애초에 하지 않는 것. 하지만 묵묵히 하고 싶은 일을 낙관으로 꾸준히 해나갈 것. 그런 마음가짐이 중요하다. 그런 마음가짐이 필요하다. 〈동주〉가 내게 안긴 뜻밖의 선물이다. 나도 상 받았네.

늦어버린
남자
一

아다치 미츠루安達充의 만화《H2》를 서른이 넘어서야 처음으로 읽었다. 나를 위해 태어난 이 만화를 왜 이제야 읽었을까. 잠시 신을 원망한 후 그 감동을 페이스북에 올렸다. 그러자 댓글이 달렸다.

"이번에 처음으로 읽으신 건가여?"

이 말에는 "너 뭐 하다가 이제야 그걸 읽었니?"라는 부분이 생략돼 있다. 나의 실수다. 두 글자를 더해 거짓말을 했어야 했다.

"《H2》'다시' 읽었는데 너무 좋네요. 전에 읽었을 때보다 더 감동적인 듯."

중학교 때 《슬램덩크》를 세 번 읽을 시간에 두 번만 읽고 《H2》를 한 번은 읽어놨어야 했다. 그랬다면 오늘날의 수모도 없었을 것이다. 나에게 고전이란 남보다 늦었다는 이유만으로 날 부끄럽게 만드는 것이다. 이제 대외적으로 고전은 무조건 '다시 읽는 것'으로 할 테다!

나스Nas의 《Illmatic》은 고전이다. 닥터 드레Dr. Dre의 《The Chronic》도 고전이다. 우탱 클랜Wu-Tang Clan의 《Enter The Wu-Tang》과 갱 스타Gang Starr의 《Moment of Truth》도 고전이다. 나는 늘 음악을 듣는다. 원고를 위해서든 아니든, 힙합이든 아니든, 옛 노래든 최신 노래든, 나는 늘 음악을 듣는다. 하지만 여러 음악으로 뻗어나가다가도 결국은 정기적으로 이 앨범들로 돌아오게 된다. 그러다 다시 다른 음악들로 갔다가, 다시 돌아오길 반복한다. 나에게 고전은 고향이다. 고향은 배신하지 않는다. 늘 가장 정확한 안식을 준다.

하지만 고전은 때때로 날 혼란스럽게 한다. 고전은 세월을 이겨내고 살아남은 것이다. 그렇기에 매우 훌륭한 것이기도 하다. 윤종신의 《우^愚》는 고전이다. 나는 이 앨범을 세상에서 2위로 사랑한다. 1위는 나 자신이다! 그러나 윤종신의 생각은 그렇지 않은 듯도 하다. 몇 년 전, 나와의 인터뷰에서 윤종신은 이 앨범이나 혹은 〈잘했어요〉 같은 노래에 대해 "지금 와서 보면 조금 유치한 감이 있다"고 말한 적이 있다. 님, 지금 나의 고전을 깐 건가요? 물론 모든 인간은 필연적으로 과거를 후회한다. 이런 맥락의 크고 보편적인 말일 수도 있다. 그러나 유치함이란 어른만이 느끼는 감정이다. 윤종신은 어른이 된 것이다.

너바나^{Nirvana}의 《Never Mind》 역시 고전이다. 앨범뿐 아니라 커트 코베인^{Kurt Cobain}이 당시에 취했던 행동은 지금까지도 사람들에게 영감을 안긴다. 하지만 커트 코베인이 당시에 이미 어른이었다면 그렇게 행동하지 않았을 것이고, 역사는 달라졌을 것이다.

고전은 '성숙'이나 '균형' 따위와는 별 상관이 없다. 그보다 우리는 고전을 만들어내기 위해 중2병을 유지할 필요가 있다. 중2병을 이미 졸업했다면 고2병을 앓아야 하고, 고2병도 졸업했다면 대2병이라도 앓아야 한다. 수많은 고전이 그들이 어른이 되기 전 치기와 패기의 경계 어딘가에서 탄생했다는 사실, 그리고 내가 그토록 어른을 갈구하며 벗어나고만 싶었던 시절이 실은 고전을 탄생시킨 원천이라는 진실이, 나를 혼란스럽게 한다. 늦어버린 지금의 나.

서브컬처

—

〈주먹왕 랄프〉를 보았던 날이 떠오른다. 그때의 감동이 생생하다. 반가운 향수, 매혹적인 상상력, 복선을 적절하게 회수하며 감정을 다양하게 건드리는 스토리, 유머·디테일·메시지까지 모든 면에서 빼어난 작품이었다. 올라가는 크레딧을 보며 생각했다. 훌륭한 애니메이션은 그 어떤 정치인이나 과학자보다 인류에 더 크게 이바지한다고. 또 훌륭한 애니메이션이 주는 좋은 기운과 현실 너머를 꿈꾸게 해주는 힘은, 그 어떤 것보다 인간의 삶을 풍요롭게 만든다고.

앞의 문장에서 '애니메이션'을 '서브컬처'로 바꿔도 이야기는 달라지지 않는다. 실제로 내 삶은 만화, 애니메이션, 비디오게임, 누아르무비 등에 많은 빚을 졌다. 《드래곤볼》에서 포기하지 않는 법을 배웠고, 〈파이널 판타지 6〉에서 결핍과 상처를 대하는 법을 깨달았으며, 〈칼리토〉를 보며 진정한 남성성에 대해 고민했다. 때문에 나는 서브컬처의 가치와 힘을 폄하하는 사람을 좋아하지 않는다. 서브컬처가 진지한 탐구·고찰의 대상이 될 수 없다고 생각하는 사람 역시 마찬가지다. 그런 사람들에게 듀스의 〈Go! Go! Go!〉를 들려주고 싶다.

> 고지식한 생각으로 남을 무시하고
> 동심을 가진 어른들 이상하다 하고
> 전자게임, 프라모델, 만활 싫어하고
> 그게 왜 재미있는지 이해를 못하고

아다치 미츠루의 만화도 나의 오랜 선생님이다. 특히 《H2》는 교본이자 경전이다. 먼저, 아다치 미츠루의 만화는 나에게 연애 교과서였다. 카톡 안 씸히게 보내는 법이나 클럽에서 번호 따는 법을 알려줬다는 말은 아니다. 대신에 《H2》는 (남녀 주인공 하루카와 히로의 관계를 통해) 상대방에게 진심을 있는 그대로, 먼저 말해도 괜찮다고 가르쳐주었다. 좋아하면 좋아한다고 말해. 너의 진심을 오롯이 담백하게 전해. 먼저 마음을 보이면 지는 것 같니? 날 믿어봐. 더 큰 진심으로 돌아올 테니까. 믿고 따른 결과는 성공적이다. 하루카만큼 사랑스러운 사람을 만났으니까. "기다리는 시간도 데이트의 일부잖아"라는 하루카의 대사도 빠뜨릴 수 없다. 그야말로 패러다임의 대전환이었다. 그 후로 나는 약속시간에 늦은 여자와 다툰 적이 없다.

《H2》는 자존감 교과서이기도 했다. 가장 친한 친구이자 야구선수로서는 최대 라이벌인 히로와 히데오가 서로를 대하는 방식은 나에게 큰 영감을 주었다. 치명적인 패배를 안겨줄 수도 있는 상대를 100% 인정하고 존중해도 괜찮을 수 있다고? 그게 가식이 아니라 정말 진심이라고? 가장 친한 친구를 향한 축복과 최대 라이벌에 대한 경쟁심이 이토록 건강하고 멋지게 공존할 수 있다고? 너희들 고등학생 주제에 지금 날 울리는 거니? 형도 현실에서 너희처럼 정정당당한 태도로 살아갈게. 타인을 존중하면서도 스스로에 대한 자부심은 늘 충만한 사람으로 살아갈게. 자존감을 놓지 않을게.

궁극적으로 아다치 미츠루의 만화는 내 삶의 균형추 같

은 존재다. 물론 난 현실감각을 늘 유지하려고 노력한다. 하지만 때때로 '현실적'이라는 단어가 날 집어삼키려는 순간이 찾아온다. 그때마다 아다치 미츠루의 만화는 뜨거운 계절이 돌아오면 한번쯤은 이글거리는 가슴으로 하늘을 쳐다보라고 말한다. 또 용기 없는 사람들이나 오그라든다는 핑계를 댄다고, 진심을 그대로 전하는 당신이 옳다고 말한다. 히로와 하루카와 히데오와 히카리가 나에게 해준 말이다.

별것 아닐 때
난리를
치면서도
—

계절이 바뀌면 듣는 음악도 바뀌기 마련이다. 내가 버락 오바마는 아니지만 나도 가끔 SNS에 플레이리스트를 공개한다. 한 명이라도 관심 가져주는 사람이 있겠지. 제발 좋아요 좀 눌러줘, 내가 좋아하는 노래를 너도 좋아한다고.

최근 몇 년간 여름에 많이 들었던 노래가 있다. 누구도 예상하지 못한 노래를 오만한 얼굴로 내놓고 싶지만 제목에서부터 이미 글러먹었다. 바로 토이의 〈여름날〉이다. 유희열이 음악을 만들고 페퍼톤스의 신재평이 노래를 불렀다. 실은 지금도 이어폰을 꽂고 이 노래를 들으며 글을 쓰고 있다.

일단 이 노래는 노래 자체로도 훌륭하다. 식상하기 짝이 없는 표현이지만 이런 노래를 가리켜 '웰메이드'라고 한다. 흠잡을 데 없이 잘 만든 기타 팝이다. 유희열과 신재평의 조합이 기대만큼의, 아니 기대 이상의 결과물을 탄생시켰다. 하지만 내가 이 노래를 듣는 이유는 따로 있다. 이 노래에는 슬픈 사연이 있어…는 아니고, 이 노래에는 모티브가 있다.

〈여름날〉은 만화《H2》에 영감을 받아 만든 작품이다. 《H2》는 고교야구만화를 가장한 청춘만화다. 몇 년 전에는 드라마 〈응답하라 1994〉가 이 작품을 표절, 아니 지나치게 참조했을지도 모른다는 의혹에 휘말리기도 했다. 더 정확히 말하면《H2》를 비롯한 아다치 미츠루의 여러 작품에서 여러 요소를 지나치게 따왔다는 의혹에 휘말렸다. 아다치 미츠루를 신으로 모시는 나에게는 썩 유쾌하지 않은 소식이었다. 그래서 난 '응사'를 안 봤고 앞으로도 볼 생각이 없다. 미안하다. 사실 그냥 어쩌다보니 안 봤다. 솔직한 나를 사랑한다.

'여름'은《H2》를 관통하는 핵심 테마였다. 그리고 〈여름날〉은《H2》의 기운을 완벽하게 재현한다. 마치《H2》의 공식 사운드트랙 같다. 아다치 미츠루도 이 노래를 듣는다면 반할 것이다.

내일이 오면 괜찮아지겠지 잠에서 깨면

잊지 말아줘 어제의 서툰 우리를

너의 꿈은 아직도 어른이 되는 걸까

알쏭달쏭하지만 알쏭달쏭하기 때문에 매혹적인 가사가 이 노래에는 가득하다. 《H2》도 그랬다. 현실에서 말하면 왠지 오그라들 것 같지만 그렇게 말해도 오그라들지 않는 현실이었으면 좋겠다고 생각하게 만드는 명대사가 가득했다. 몇 개만 말해볼까.

"타임아웃이 없는 시합의 재미를 가르쳐드리지요."

"중2 때까지 코흘리개 꼬마였어. 겨우 키가 커서 슬슬 여자친구라도 하나 사귀어볼까 싶었을 땐, 괜찮은 애는 모두 첫사랑 진행중이었지."

"기다리는 시간도 데이트의 일부잖아."

"엉큼한 게 뭐가 나빠."

마지막 대사는 없던 걸로 하자. 난 그런 사람이 아니다. 사실 가장 좋아하는 대사를 딱 하나 꼽으라면 이것이다.

"히로는 별것 아닐 땐 난리를 치면서도 진짜 아플 땐 아무에게
도 말 안 해."

이 만화의 여주인공 히카리가 어릴 적부터 같이 자라온
이 만화의 남주인공 히로에 대해 하는 말이다. 옆에서 듣고
있는 사람은 히로를 좋아하는 이 만화의 또 다른 여주인공
하루카. 사실 엄밀히 말하면 이 대사는 이 만화의 핵심을 가
로지르고 있다거나 많은 사람이 꼽는 명대사는 아니다. 아닐
것이라고 추측한다. 하지만 내 마음에는 어떤 대사보다 깊게
남았다. 왜냐하면 저 대사에서 '히로'를 '봉현이'로 바꾸어도
완벽하게 맞는 말이기 때문이다. 노파심에 말하지만 봉현이
가 히로처럼 멋있다거나 귀엽다는 말은 아니다. 하지만 나도
가끔은 날 3인칭으로 부르고 싶은 날이 있다. 이해해줄 것이
라 믿고 내친 김에 더 달린다.

"봉현이는 별것 아닐 땐 난리를 치면서도 진짜 아플 땐 아무에
게도 말 안 해."

이 대사에 담긴 묘한 균형감이 맘에 든다. 작년에도 맘에

들었는데 올해에도 여전히 맘에 든다. 언젠가 누군가와 이런 대화를 한 적이 있다.

"난 짧은 참을성은 별로 없지만 긴 인내심은 강한 것 같아."

"맞아요. 정말 맞는 것 같아요."

"고마워. 햄버거 사줄게."

"짧은 참을성은 별로 없지만 긴 인내심은 강한 것 같아"와 "별것 아닐 때 난리를 치면서도 진짜 아플 때 아무에게도 말 안 해"가 서로 완전히 같은 말은 아니다. 하지만 서로 통하는 말임은 분명하다. 그렇기 때문에 전자를 가슴에 지녀온 내가 후자를 읽고 기억에 남길 수 있었을 것이다. 실제로 난 줄을 서야 하는 음식점에는 절대로 가지 않는다. 기다리기 싫다. 더 적절한 예가 있다. 난 플레이스테이션4 게임CD를 살 때 온라인으로 주문하기보다는 직접 매장에 가는 편이다. 지출로 따지자면 온라인 주문은 무료배송이거나 택배비 3000원 정도가 들고, 직접 매장에 가서 사면 왕복 택시비 2만 원 정도(와 시간)이 든다. 즉 온라인 주문을 하면 돈을 만 원 이상 아낄 수 있(고 시간도 아낄 수 있)다. 하지만 내 선택은

번번이 매장 방문이다. 택배가 오는 하루나 이틀을 기다리기 싫어서다. 아 몰라. 빨리빨리. 언제 기다려.

하지만 매사를 이런 자세로 대하는 건 아니다. 그랬다면 내가 지금껏 글을 쓰고 있을 리가 없다. 내가 적어도 지금까지는 꽤 괜찮게 해온 것이 있다. 바로 '좋아하는 것을 파고드는 것'이다. 다른 말로 하면 '하나를 오래하는 것'이 될 수도 있다. 사람들은 성실함이나 꾸준함 같은 덕목을 늘 재능의 별책부록 정도로 생각한다. 하지만 재능만큼 중요한 것은 '인내'다. 내가 보기에 그 둘의 비중은 정확히 50:50이다. 이것을 3단계로 표현해보면 다음과 같다.

(1) 아이디어를 내는 것 〈 넘사벽 〈 (2) 실제로 (한번) 하는 것 〈 넘사벽 〈 (3) 인내하면서 계속하는 것

이렇게 보면 나는 참을성이 매우 많은 사람이기도 하다. 좋을 때는 당연히 즐기지만 나쁠 때도 그러려니 하면서 좋아하는 일을 십수 년이나 한결같이 해오고 있으니까. 버티는 삶의 황제, 김봉현으로 불러주세요. 아직 갈 길이 멀긴 하지만요.

짧은 참을성은 별로 없지만 긴 인내심은 강한 나는, 히로처럼 별것 아닐 땐 난리를 치면서도 진짜 아플 땐 아무에게도 말을 안 하기도 한다. 실제로 알량한 마음으로 계산기를 두드리며 썸을 타던 여성과 잘되지 않았을 때는 동네방네 소문을 내며 위로받으려 애쓰곤 했다. 그러나 그런 경우와는 마음의 카테고리가 완전히 다른, 그러니까 균형의 왕인 내가 내 삶의 균형이 깨지고 밑바닥이 붕괴되더라도 괜찮다는 놀라운 결심으로 잘해보기 위해 필사의 노력을 하던 사람과 어긋났을 때는, 아무에게도 말하지 않았다. 대신에 그 무게를 나 혼자 온전히 짊어졌다. 마치 무인도에 혼자 사는 사람이라도 되는 것처럼.

미화하고 싶다. 멋있게 포장하고 싶다. 내가 이렇게 생각이 깊고 성숙한 사람이라고 말하고 싶다. 그리고 실제로도 그렇잖아? 난 남에게 민폐를 끼치지 않는 사람이야. 내 아픔은 내가 감당하는 게 진짜 어른의 모습 아니겠어? 괜히 남까지 괴롭게 만들 필요는 없잖아. 뭐, 가벼운 거야 남들과 나눌 수도 있지만 사람들을 진짜로 힘들게 만드는 일은 하고 싶지 않다고.

하지만 아닌 것 같다. 양보해서 절반쯤은 그렇다 하더라도 나머지 절반은 그렇지 않은 것 같다. 나머지 절반은, 실은, 두려움인 것 같다. 나는 남들에게 보여도 내가 무너지지 않는 가벼운 아픔은 얼마든지 보이면서도, 남들에게 보이면 내가 다 까발려질 만한 진짜 아픔은 보이기 두려워하는 사람인 것 같다. 그런 것 같다. 히로는 어떨지 모르지만 나는 그런 것 같다.

이 글을 쓰면서 삶의 과제 하나가 선명해진 기분이다. 언제쯤 나는 나를 다 드러내도 내가 무너지지 않는다는 생각을 할 수 있게 될까. 어떻게 하면 나 자신을 믿는 만큼이나 다른 사람들을 믿을 수 있게 될까. 하지만 낙담하거나 비관하지는 않는다. 언젠가는 그렇게 될 것이다. 시간문제다. 타임아웃이 없는 시합, 아니 타임아웃이 없는 인생의 재미를 가르쳐드리지요.

종현

종현이 세상을 떠났을 때 나는 글쓰기 강의를 앞두고 있었다. 무언가를 검색하려 인터넷을 켠 순간 그의 소식을 접했다. 검색하려던 것을 잊은 채 곧바로 이 사실을 사람들에게 알렸다. 놀람과 탄식의 말이 실내를 가득 채웠다. 그의 자작곡 〈우울시계〉가 떠올랐다. 그랬구나. 왜 눈치를 못 챘을까. 구급차가 지나가면 단 5초라도 멈춰 서서 얼굴 모르는 누군가를 걱정하는 사람이 되고 싶었다. 이날 강의는 평소보다 꽤 늦게 시작했다.

집에 돌아온 후 들어가본 페이스북과 인스타그램에는 온통 종현의 사진이었다. 모두가 그와 그의 음악에 대해 한마디씩 늘어놓았다. 팬이었는데 너무 슬프네요. 정말 좋아했던 가수인데 너무 안타까워요. 살짝 심술이 났다. 당신들이 정말 전부 종현의 팬이었다고? 그런데 왜 지금껏 종현과 그의 음악에 대해서는 한마디도 안 했던 거죠? 혹시 당신에게 팬의 정의란 '노래를 들어본 적이 있는 가수'인가요? 당신에게는 추모도 유행인가요? 하지만 나는 이내 나의 오만을 인정했다. 다른 이의 슬픔을 재단하지 말자. 팬이든 아니든 떠난 이를 향한 축복은 많을수록 좋겠지. 그래, 이건 좋은 거야.

그래도 차마 추모 포스트는 올릴 수 없었다. 다른 이들과는 상관없는 온전한 내 문제였다. 호감은 가지고 있었지만 팬이었다고는 말하기 힘든 가수의 죽음 앞에서 '정말 좋아했었다'는 유의 과장을 늘어놓으며 스스로의 낭만에 도취되긴 싫었다. 대신 소박하게 과거에 즐겨 들었던 샤이니의 노래 몇 곡을 다시 들었다. 내가 가진 정확한 크기의 슬픔으로 종현을 떠나보냈다.

생각해보니 살아오며 적지 않은 요절과 마주해왔다. 그리고 그때마다 내 애도의 크기와 방식도 조금씩 달랐던 것 같다. 일단 유재하와 김현식의 죽음은 너무 어릴 때라 기억나지 않는다. 하지만 나는 매년 11월 1일을 기념한다. 그들이 남긴 음악 때문이다. 반면 김성재의 죽음은 선명히 기억한다. 영정 앞에서 오열하던 이현도의 모습도 물론이다. 나는 김성재의 생전 영상과 뮤직비디오가 담긴 비디오테이프를 아직도 가끔 꺼내서 본다. 한편 투팍과 김광석의 죽음은 종이신문으로 접했다. 둘의 죽음 모두 단신기사 속에 있었다. 투팍의 가사와 인터뷰를 보면 그가 고작 스물다섯 살에 죽었다는 사실이 믿기지 않는다. 투팍은 요절로 인해 신화화된 존재가 아니다. 그는 원래 '난사람'이었다.

에이미 와인하우스^Amy Winehouse가 죽었을 땐 그의 재능이 너무 아까워서 견딜 수 없었다. 나는 그가 나와 사적으로는 절대 친해질 수 없는 유의 사람이라고 생각했지만 그의 재능만큼은 사랑했다. 재능으로 치면 제이 딜라^J Dilla도 빼놓을 수 없다. 그를 잃은 건 힙합 역사를 통틀어 가장 큰 손실 중 하나다. 알리야^Aaliyah와 레프트 아이^Left Eye도 잊을 수 없는 이름이다. 알리야의 데뷔 앨범과 TLC의 두 번째 앨범은 나의 영원한 클래식이다.

앞서 언급한 이들보다 나이가 조금 많기는 하지만 빠뜨릴 수 없는 사람이 있다. 신해철이다. 〈Here, I Stand for You〉에서 가장 좋아하는 구절은 이것이다.

인파 속에 날 지나칠 때

단 한 번만 내 눈을 바라봐

난 너를 알아볼 수 있어 단 한순간에

이 구절에 대해 누누이 말해왔지만 한 번 더 말해야겠다. 터무니없다고 생각한 구절. 그러나 무엇보다도 믿고 싶었던 구절. 제발 나의 세상에서도 이런 일이 일어나기를. 내가 앞으로도 이 노래가 세상을 대하는 자세로 살아갈 수 있기를. 이런 다짐을 했던 어떤 밤.

신해철의 황망한 죽음 앞에서 나는 그가 내게 준 것을 떠올렸다. 비록 세월이 지나며 그는 자신의 어릴 적 모습을 '자의식 과잉'으로 부끄러워하는 듯했다. 그러나 신해철이 만약 자의식 과잉이 아니었다면, 그러니까 그가 돈/큰 집/빠른 차/여자/명성/사회적 지위에서 적당한 행복을 찾았다고 말했다면, 또 운명 같은 건 헛소리라며 우리를 준엄하게 꾸짖었다면, 수많은 한국인의 삶은 어떻게 달라졌을까. 그리고 나는 과연 지금의 내가 되었을까. 종현의 죽음 앞에서도 누군가가 생각하고 있겠지. 종현이 주고 간 것을.

인다
소울
—

집 앞 편의점에 들렀다. 프린트가 다 뜯겨나간 반소매 티셔
츠를 아무거나 입은 채로 얼음컵, 허니버터칩, 계란말이 등
을 게걸스럽게 계산대에 올려놓고 있는데 뒤에 있던 남자가
말을 걸어왔다.

"저 인다소울 게시판에 자주 갔는데…"

음? 나한테 말 거는 건가? 아… 좀 취한 듯 보이는 이 남
자는 아마 나와 비슷한 시기에 군대를 다녀온 모양이다.

'인다소울$^{In Da Soul}$'은 군대 인트라넷에 있던 흑인음악 동호

회였다. 말이 동호회지 제로보드 게시판에 흑인음악에 관한 글을 올리는 게 전부였다. 즉 입대 전에 흑인음악 좋아하던 놈들이 입대 후 각자 다른 부대에서, 다른 계급장을 달고, 군대 안 컴퓨터를 통해 흑인음악 얘기를 하던 곳이 바로 인다소울이었다. 육군, 해군, 공군 상관없이 군인이고 흑인음악을 좋아한다면 접속하는 곳. 인트라넷이니 당연히 인터넷은 차단되어 있었고 오직 군대 안에서만 접속이 가능했다. 우리는 각자 다른 부대에 있었지만 흑인음악을 좋아한다는 공통점이 있었기에 휴가도 서로 맞춰 나가서 얼굴도 보고 그랬다. 나는 인다소울의 시삽이었다. 입대 전에도 이미 음악 관련 글을 쓰고 있었기 때문이다.

우리는 글을 쓸 때마다 마지막에 배경음악을 선곡해두었다. 예를 들면 'bgm. Nas – Halftime'이라는 식으로. 그러나 음악이 흘러나온 적은 없었다. 그때만 해도 군대 안에서 음악은 잘 들을 수 없었다. 그저 음악을 듣고 싶은 병사들의 바람이었다. 듣고 싶은 가수 이름과 음악 제목을 모니터에라도 그냥 글로 써본 것이다. 그것은 마치 만화 《슬램덩크》에서 림이 없는 허공에 농구공을 던진 황태산의 슛 같은 것이었다. 그때는 안 그랬는데, 지금 보니 처량하네. 가끔 인다소울

이 없었다면 나의 군생활은 어땠을까 상상한다. 물론 상상도 하기 싫다.

나는 그에게 물었다.

"아직 힙합 들으세요?"

"아 네. 아직도 듣죠. 저 봉현 님 인스타도 가끔 구경하러 가요."

"댓글 달아주세요. 맞팔하게(웃음)."

그때로부터 벌써 10년이 넘게 지났다. 각자의 부대 안에서 일병이나 병장 같은 계급장을 달고 인다소울 게시판을 통해 소통하던 녀석들은 지금 어디서 무얼 하고 있을까. 내가 군대를 조금 늦게 갔으니까 아마 나보다 나이가 많은 사람은 별로 없었던 것 같은데. 그 사람들은 지금의 나를 보면 무슨 생각을 할까.

야, 다들 뭐 하며 사냐? 난 그때랑 변한 거 없다. 난 한 번도 힙합 안 좋아해본 적 없다. 전역하고 힙합으로 이것저것 해오고 있는데, 요 몇 년 사이는 좀 할 만하다. 솔직히 내가 너네보다 돈도 더 잘 번다. 그때 그냥 좋아서 막 들었던 것 갖고 이렇게 될

줄 나도 몰랐지. 어때? 스웩이냐? 좀 자랑스럽냐? 내가 못할 것 같았어? 자랑하려는 건 아니고, 그냥 우리의 꿈은 영원하다는 얘기야. 한국에서 힙합은 안 될 줄 알았는데, 너네도 지금 내 모습 보니까 좋지? 솔직히 너네한테 인정받고 싶다. 인정해줘. 젠장. 아무튼 다들 건강하고 행복해라. 그때 인다소울 잊지 말고.

_bgm. Wu-Tang Clan - Triumph

강요하지 마, 음악가에게도

음악의 사회적 역할이 다시 주목받은 계절이 있었다. 대한민국이 현대사 이래 최악의 정치 스캔들과 마주하던 무렵, 매주 토요일 광화문에서 촛불집회가 열렸다. 그리고 광화문 촛불집회의 절정에는 늘 음악이 있었다. 전인권이 부르는 〈걱정 말아요 그대〉 안에서 하나 되는 국민을 보았다. 'In God we trust'가 아니라 'In Music we trust'였다. 이게 바로 인권이 형이고, 이게 바로 음악의 힘이다 이놈들아! 이제 알겠지!

　나라에 큰일이 생기면 사람들은 으레 음악가에게 고개를 돌린다. 뭘 좀 해주길 바라거나, 뭘 좀 해야 한다고 여긴다. 촛불집회 당시에도 시국을 통해 다시 한 번 확인했다. '대

중'이 '음악가'에게 무엇을 기대하는지, 또 '평범한 사람들'이 '유명한 사람들'에게 무엇을 바라는지.

그래도 가끔, 음악이 뭐 그리 특별한 것이냐고 자문할 때가 있다. 내가 말하는 것과 저 가수가 노래하는 것은 왜 다른 카테고리가 되어야 할까. 나도 말 잘하는데 왜 저 래퍼만 1년에 10억을 버는 걸까. 하지만 이런 의문은 이어폰을 귀에 꽂는 순간 다시 사라진다. 멜로디와 리듬에는 분명히 신비한 힘이 있다고, 음악가는 하나의 거대한 세계를 빚어내는 작가라고, 나도 모르게 외치게 되는 것이다.

또 대중 앞에 서게 되는 음악가의 태생적 정체성이 그들을 사회참여와 더욱 자연스럽게 연결시키기도 한다. 목소리의 힘이 일반인보다 클 수밖에 없기 때문이다. 사실 개인주의와 자유주의를 삶의 가치관으로 내면화한 나에게는 늘 의문이 있었다. 음악가도 하나의 직업일 뿐이잖아. 공무원도 직업이고 음악가도 직업인데, 왜 음악가에게 이래라저래라 강요하는 걸까? 하지만 이 자리를 빌려 나의 태도를 2보 후퇴시키고자 한다. 사람들이 음악가에게 사회참여를 바라는 건 여러 맥락에서 자연스럽다. 동시에 그것은 음악이, 음악가가 잘할 수 있는 일이다.

세월호 참사 때로 돌아가보자. 여러 논란이 있었다. '세월호 이후 서정시는 가능한가?'라는 물음이 있었고 '세월호 참사는 음악으로 사회참여를 소홀히 한 음악가들에게도 책임이 있다'는 주장도 있었다. 이 글에서 낡은 '순수-참여' 논쟁을 복원할 생각은 없다. 다만 그 당시의 논란이 나에게 강렬하게 남아 있음은 확실하다. 그때 많은 고민을 했는데, 그 끝에 내린 결론은 대략 다음과 같다. '음악가에게 어떠한 당위도 강요해서는 안 된다', 그리고 '서정적이면서도 충분히 정치적일 수 있다'.

혹자는 직접적인 비판이 담겨 있지 않다는 이유로 어떤 노래를 정치적이지 않다거나 비겁하다고 깎아내린다. 반면 그 반대편의 사람들은 개인적이거나 간접적이더라도 똑같은 정치적인 노래라고 항변한다. 난 거기에서 한 술 더 뜬다. 음악가는 어디까지나 '음악'으로 사회에 참여해야 한다. 예를 들어 루시드폴의 〈평범한 사람〉은 '용산 참사'를 떠오르게 한다. 그 사건과 직접 관련 있는 단어는 한 개도 없지만 그 사건과 겹쳐진다. f(x)의 〈Red Light〉나 레드벨벳의 〈7월 7일〉 역시 마찬가지다. 세월호라는 단어를 입에 올리진 않지만 분명 세월호와 관련이 있다.

직접적인 비판과 참여만을 강조하다보면 음악은 음악이 아니게 될 가능성이 높다. 음악은 정치가의 연설이나 투쟁 구호와는 다른, 달라야 할 이유가 있다. 음악가는 음악 안에서 음악을 활용해 자신의 방식으로 사회에 참여해야 한다. 현실을 자신의 세계관으로 재해석해 음악에 녹여야 하고, 현실과 자신과의 거리를 직접 설정해야 하며, '메시지'이기도 하지만 근본적으로 '음악'인 결과물을 세상에 내놓아야 한다. 노무현 대통령을 추모하는 이승환의 노래〈함께 있는 우리를 보고 싶다〉에는 노무현이 등장하지 않는다. 최순실게이트가 불거졌을 즈음 촛불을 든 국민들을 위로하기 위해 이승환과 이효리 등이 무료공개한〈길가에 버려지다〉역시 박근혜의 이름을 담지 않는다. 그러나 이 노래들은 그 무엇보다 정치적이다. 서정적이면서 정치적이고, 개인적이면서 우리 모두의 것이며, 어떤 이에게는 훌륭한 음악인 동시에 누군가에게는 각성을 주는 메시지다.

이런 의미에서 이 노래들은 우리에게 이렇게 말하는 것만 같다.

"투쟁과 구호로서 앞장서는 음악의 시대는 갔다."

물론 어떤 음악가는 직접적인 비판과 참여로서 훌륭한 음악을 만들어낼 수도 있을 것이다. 그러나 그것을 모든 음악가에게 강요하고, 그렇게 해야 정치적인 음악이라고 인정해주는 시대는 갔다. 그리고 그런 세상이야말로 좋은 세상일지도 모르겠다. 음악가가 자신이 선택한 방식으로 자신이 하고 싶은 말을 해도 존중받는 세상. 음악가에게 무엇을 강요하지 않는 세상. 앞장서서 따르라고 외치는 음악이 아니라 시민 개개인을 존중하며, 다만 함께 가자고 다독이는 음악의 세상. 음악가도, 우리도, 모두 개인이고 시민이니까.

이별 노래
이야기
—

발라드를 좋아한다. 난 래퍼는 아니지만 진실만을 말하니 믿어라. 물론 내가 도무지 그렇게 보이지 않는다는 사실은 잘 안다. 나의 패션과 외모 그 어디에서 발라드를 연상할 수 있겠나. 할 말이 없다. 죄송하다. 이주일은 못생겨서 죄송했지만 난 발라드를 연상할 수 없는 외모라서 죄송하다. 하지만 그것이 바로 내가 파놓은 함정이다.

실제로 지하철을 탈 때마다 늘 이런 생각을 한다. 일단 지하철에서 나는 힙합 스타일 옷을 입고 있다. 귀에는 이어폰이 꽂혀 있다. 자리에 앉는다. 그러곤 맞은편에 있는 사람을 쳐다본다. 그의 눈을 보며 속으로 이렇게 중얼거린다.

'넌 지금 내 모습을 보고 내가 힙합을 듣는 줄 알겠지? 아닌데? 아닌걸? 난 지금 윤종신 듣는데? 발라든데? 넌 왜 늘 고정관념으로 생각하지? 넌 왜 늘 한 가지 관점으로밖에 보지 못하지? 넌 왜 꽉 막힌 사람이 된 거지? 넌 왜 내 함정에 걸려서 허우적대고 있지?'

물론 맞은편 사람은 내가 누군지도 모르고 나한테 관심도 없다. 하지만 내가 이겼다. 나는 날 사랑한다고!

더 정확히 말하자면, 발라드라기보다는 이별 노래를 좋아한다. 여기에는 이별의 정확한 상황을 담은 노래는 물론이고 짝사랑이나 그리움도 포함된다. 저주는 포함되지 않는다. 난 그런 사람이 아니다.

그동안 수많은 이별 노래를 들었다. 그중에서도 특히 내가 아껴온 이별 노래들이 있다. 아마 그 노래들이 없었다면 이별의 순간마다 버텨내지 못했을 것이다. 예를 들어 최근에는 이런 순간이 있었다. 헤어진 지 몇 년 지난 사람에게 갑자기 연락이 왔다. 그녀는 대뜸 잘 지내느냐고 물었다. 신기하게도 나는 그 식상한 인사말만으로도 바로 감을 잡았다. 결혼이구나. 이건 결혼이야. 물론 정답이었다. 왜 슬픈 예감은

틀린 적이 없나. 아, 아니지. 슬픈 건 아니었다. 그렇다고 기
쁘지도 않았지. 그냥, 그냥 예감이라고 해두자.

'전 여자친구'라는 사람들은 왜 새벽에 뜬금없이 연락해
서 결혼 소식을 전하는 걸까. 뭘 바라는 걸까. 그 말을 갑자기
듣고서 내가 너를 축하해줄 만큼 우리의 끝이 좋았던 걸까.
넌 날 어떻게 기억할지 모르지만 난 너를 마냥 애틋해하거나
좋은 추억으로만 기억하진 않는데. 왜 넌 예전이나 지금이나
너의 이기적 낭만에만 신경 쓰는 걸까. 내가 휘성은 아니지
만 넌 내가 결혼까지 생각했던 유일한 여자였지. 솔직히 말
하면 너와의 이별이 내 인생에 안긴 후폭풍은 어마어마했고,
지금의 내 성격이나 태도에도 많은 영향을 미쳤으리라고 짐
작을 가장한 확신을 하고 있지. 하지만 지금은 그 꿈에서 깨
어난 걸 다행으로 여긴다. 너의 행복을 빌고 싶진 않아. 하지
만 너의 앞길에 특별한 불운 같은 건 없길 빈다.

내가 지금 뭐 하는 거지. 정신 차리자. 이건 남들도 보는
글이잖아. 균형의 왕인 만큼 균형감각을 늘 유지하도록 해.
어쨌든 나는 이날 윤종신의 〈너에게 간다〉를 다시 열 번 들
었다. 21세기 가요를 통틀어 최고의 팝 중 하나인 이 노래는
윤종신의 커리어를 대표할 만한 노래다. 대중에게 널리 알려

지진 않았지만 윤종신의 팬이라면 모두 이 노래를 사랑한다. 실제로 윤종신이 콘서트 선곡을 위해 실시한 설문에서 이 노래는 1위를 차지하기도 했다. 팬들이 가장 사랑하는 노래라는 뜻이다.

〈너에게 간다〉에서 남자는 말 그대로 '너에게 간다'. 헤어진 연인의 전화를 받고 오랜만에 그녀를 만나러 간다. 약속한 장소에 이르러 문을 여는 순간, 노래는 끝난다. 이게 좋았다. 문을 열자마자 끝내는 것이 너무 (곱하기 백) 좋았다. 완벽한 여운으로 장식한 완전한 결말이었다. 〈4월 이야기〉도 그래서 좋아했던 영화다. 좋아하던 선배와 마침내 사랑을 시작하려는 순간 냉큼 끝내버리는 영화를 좋아하지 않을 수 있는 방법을 난 알지 못한다. 〈너에게 간다〉나 〈4월 이야기〉나 남겨진 이야기는 나의 몫이었다. 오호라, 내가 이 이야기를 완성할 수 있다 이거지. 우쭐우쭐. 제가 한번 이야기를 잘 완성해보겠습니다. 문을 열고 들어가 만난 전 여자친구는 청첩장을 꺼냈고요, 좋아하던 선배는 사실 이미 결혼한 상태였습니다. 왜냐고요? 내가 불행하면 남도 불행해야 해.

아무튼, 조규찬의 〈C.F〉도 좋아하는 이별 노래다. '캠퍼스 프렌드'라는 제목답게 이 노래는 짝사랑을 앓는 모든 대학생 남자들의 주제가라고 할 수 있다. 선배놈들 개수작에 넘어가면 안 돼. 널 지켜줄 사람은 나야. 이 노래에서 조규찬은 사랑의 감정을 수학으로 재단하는 모험을 감행한다. "내가 널 다섯 번 볼 동안 너의 남자친구는 아마 겨우 한두 번쯤 만나는 게 고작일 테고"가 바로 그 문제의 구절이다. 너무 자연스러워서 나도 하마터면 속을 뻔했다. 이 논리에 따르면 다섯 번 만나면 다섯 배 사랑하고, 한 번 만나면 한 번만큼만 사랑하게 되는 건가. 많이 본 횟수로 사랑에 빠진다면 난 지금 집 근처 분식집 아주머니와 사랑을 하고 있어야 하나. 감정은 만난 기간과 횟수에 정비례하지 않는다는 인생의 진리를 조규찬이 모를 리 없었을 텐데. 결국 그 숭고한 절박함이 사랑의 감정마저 통계로 증명할 수 있는 새로운 이론을 창조해낸 건가. 도대체 만나는 횟수가 사랑의 깊이와 무슨 상관이 있다는 말인가. 하지만 그것이 바로 사랑이다.

더 클래식의 〈내 슬픔만큼 그대가 행복하길〉 역시 다섯 손가락 안에 들 만큼 아끼는 이별 노래다. 난 박용준이 좋다.

그의 패배적인 보컬을 사랑한다. 녹음도 누워서 했을 것 같다. 이 노래 역시 짝사랑하는 남자가 주인공이다. 그리고 이 노래에도 문제적 구절은 존재한다.

처음부터 왜 잘해주었나요

다른 사람에게도 언제나 그런가요

당황스럽다. 이건 아주 기본적인 예의의 문제다. 도덕이 흔들렸던 순간이기도 하다. 박용준 씨에게 묻는다. 그럼 처음 만난 사람에게 잘해주지 않고 어떻게 대하나. 얼굴 붉히고, 만난 지 3초 만에 말 놓고, 앉으라고 한 다음 뒤에서 의자 빼고 그러나. 처음 만난 사람에게 잘해주는 건 너무나도 당연한 기본 예의다. 그녀는 도덕 교과서에서 배운 대로, 또 부모님의 가르침에 따라 처음 만난 당신을 예의를 갖추어 대했을 뿐이다. 그녀는 당신에게도 그랬고 다른 사람에게도 언제나 그랬다. 앞으로도 처음 만난 사람에게는 그렇게 대할 것이다. 도대체 무엇이 잘못됐다는 말인가. 하지만 그것이 바로 사랑이다.

공일오비의 〈5월 12일〉도 생각난다. 이 노래는 윤종신이 나와의 인터뷰에서 '지하 5층 깊이의 지질함'으로 인정한 노래다. 윤종신은 이별 노래의 제왕이니까 윤종신이 인정하면 무조건 좋은 이별 노래라고 할 수 있다. 사실 이 노래에 특별히 강렬하게 지질한 구절은 없다. 하지만 이 노래는 나무가 아닌 숲을 보는 눈으로 보아야 한다. 제목을 보자. 5월 12일이 대체 무슨 날인가. 공일오비의 결성일인가, 아니면 이 노래를 만든 정석원의 생일인가. 아니다. 모두 틀렸다. 그런 식상한 예측은 모두 치워라. 5월 12일은 바로 정석원이 그녀를 처음 만난 날이다. 이 노래와 관련해 정석원이 직접 쓴 글에서도 알 수 있듯 정석원은 1987년 5월 12일 이화여대에 다니는 한 여성과 처음 만나 2년 반 동안 교제하다 그녀 부모님의 반대로 헤어졌다. 〈그녀의 딸은 세 살이에요〉를 비롯한 공일오비의 다른 이별 노래들도 거의 그녀에 관한 노래다. 도대체 왜 본인을 제외하곤 아무도 무슨 날인지 알 수 없는 날짜로 제목을 지은 건가. 그리고 왜 나는 내 생일이나 이별 기념일도 아닌데 매년 이날을 페이스북에 기념하고 있나. 하지만 그것이 바로 사랑이다.

…하지만 그것은 리스트이기도 하다. 큰 맘 먹고 공개한다. 여기 내 삶의 8할을 차지했던 이별 노래들이 있다. 지겹지만 지겹지 않은, 떠날 수 없는 노래들이다. 나는 이 노래들 안에서 자주 쉬었다. 그러니 당신도 가끔은 이 노래들 안에서 휴식했으면 좋겠다.

가을방학 〈가끔 미치도록 네가 안고 싶어질 때가 있어〉(2010)

공일오비 〈텅 빈 거리에서〉(1990)

공일오비 〈H에게〉(1991)

공일오비 〈떠나간 후에〉(1991)

공일오비 〈5월 12일〉(1992)

공일오비 〈어디선가 나의 노랠 듣고 있을 너에게〉(1993)

공일오비 〈그녀의 딸은 세 살이에요〉(1994)

공일오비 〈모르는 게 많았어요〉(2006)

공일오비 〈받은 만큼만 해주기〉(2007)

공일오비 〈1월부터 6월까지〉(2011)

김동률 〈다시 시작해보자〉(2008)

김동률 〈오래된 노래〉(2008)

김연우 〈우리 처음 만난 날〉(2004)

김연우 〈이별택시〉(2004)

김연우 〈청소하던 날〉(2006)

김창기 〈너의 자유로움으로 가〉(2000)

김현식 〈눈 내리던 겨울밤〉(1986)

넥스트 〈인형의 기사〉(1992)

넥스트 〈Here, I Stand For You〉(1997)

더 클래식 〈마법의 성〉(1994)

더 클래식 〈내 슬픔만큼 그대가 행복하길〉(1995)

동물원 〈그리움〉(1988)

동물원 〈우리 이렇게 헤어지기로 해〉(2001)

듀스 〈사랑하는 이에게〉(1995)

디즈 〈Sugar〉(2010)

박용준 〈잘한 일일까〉(2002)

박정현 〈꿈에〉(2002)

박정현 〈미장원에서〉(2002)

변진섭 〈숙녀에게〉(1989)

빛과 소금 〈그대 떠난 뒤〉(1990)

빛과 소금 〈내 곁에서 떠나가지 말아요〉(1991)

서태지와 아이들 〈너와 함께한 시간 속에서〉(1992)

서태지와 아이들 〈이 밤이 깊어가지만〉(1992)

성시경 〈넌 감동이었어〉(2002)

성시경 〈거리에서〉(2006)

성시경 〈한 번 더 이별〉(2007)

솔리드 〈어둠이 잊혀지기 전에〉(1995)

솔리드 〈이제 그만 화풀어요〉(1996)

신승훈 〈오랜 이별 뒤에〉(1994)

신승훈 〈나비효과〉(2008)

신해철 〈슬픈 표정 하지 말아요〉(1990)

신해철 〈내 마음 깊은 곳의 너〉(1991)

신해철 〈일상으로의 초대〉(1998)

오태호 〈친구 수첩 속의 너의 사진〉(1993)

옥주현 〈나에게 온다〉(2008)

우리노래전시회 〈제발〉(1984)

유영진 〈그대의 향기〉(1993)

유재하 〈그대 내 품에〉(1987)

윤종신 〈처음 만날 때처럼〉(1991)

윤종신 〈오래전 그날〉(1993)

윤종신 〈추억만으로 사는 나〉(1993)

윤종신 〈널 지워버리기엔〉(1995)

윤종신 〈너의 어머니〉(1996)

윤종신 〈일년〉(1996)

윤종신 〈도피〉(1999)

윤종신 〈돌아오던 날〉(1999)

윤종신 〈배웅〉(1999)

윤종신 〈우둔남녀〉(1999)

윤종신 〈이별을 앞두고〉(1999)

윤종신 〈모처럼〉(2000)

윤종신 〈잘했어요〉(2000)

윤종신 〈바다 이야기〉(2001)

윤종신 〈몇 년이 흘러〉(2002)

윤종신 〈나의 안부〉(2005)

윤종신 〈너에게 간다〉(2005)

윤종신 〈몬스터〉(2005)

윤종신 〈소모〉(2005)

윤종신 〈동네 한 바퀴〉(2008)

윤종신 〈야경〉(2008)

이문세 〈밤이 머무는 곳에〉(1987)

이상우 〈비창〉(1994)

이소은 〈서방님〉(2000)

이승환 〈눈물로 시를 써도〉(1989)

이승환 〈텅 빈 마음〉(1989)

이승환 〈애원〉(1997)

이승환 〈어떻게 사랑이 그래요〉(2006)

이오공감 〈한사람을 위한 마음〉(1992)

이장우 〈훈련소로 가는 길〉(1995)

이지형 〈I Need Your Love〉(2008)

장윤주 〈Love Song〉(2008)

재주소년 〈명륜동〉(2003)

전람회 〈기억의 습작〉(1994)

제이 〈어제처럼〉(2000)

젝스키스 〈Say〉(1998)

조규찬 〈아마 너도〉(2005)

조규찬 〈잠이 늘었어〉(2005)

태양 〈나만 바라봐〉(2008)

태완 〈나란 사람(UrbanMix)〉(2006)

토이 〈바램〉(1997)

토이 〈거짓말 같은 시간〉(1999)

토이 〈여전히 아름다운지〉(1999)

토이 〈오늘 서울 하늘은 하루 종일 맑음〉(2007)

패닉 〈기다리다〉(1995)

플라이 투 더 스카이 〈Day By Day〉(1999)

피노키오 〈사랑과 우정 사이〉(1992)

하림 〈출국〉(2001)

화이트 〈7년간의 사랑〉(1995)

휘성 〈완벽한 남자〉(2008)

에
필
로
그
一

무더위

무더위, 그립다. 널 너무 싫어했던 건 맞지만 그렇게 허무한 퇴장을 원하진 않았어. 넌 마치 어제는 평생 들을 것처럼 하루 종일 들었다가 오늘은 제목도 기억나지 않는 어떤 앨범처럼 그렇게 떠났구나.

물론 앞으로도 아다치 미츠루의 만화를 얼마든지 읽을 순 있겠지. G-펑크나, 시티팝이나, 디제이 재지 제프^{DJ Jazzy Jeff}의 〈Summertime〉이나, 유희열의 〈여름날〉도 마음만 먹으면 얼마든지 들을 수 있을 거야. 하지만 아마 나는 다시 이 계절이 올 때까지 그냥 기다리겠지.

너의 초라한 마지막을 보면서 내가 무얼 두려워하고 있었는지 깨달았다. 너무 빨리 잊히는 게 두려웠던 거야. 요즘은 그토록 존재감을 과시하던 것들도 너무 빠르고 쓸쓸하게 잊히는 것 같아. 누구보다 빠르게 남들과는 다르게 성공한 것도 누구보다 빠르게 남들과 똑같이 사라져버리지.

책을 낼 때마다 늘 이런 생각을 한다. 짧게는 몇 개월, 길게는 몇 년의 시간과 노력을 쏟은 나의 작품은 태어남과 동시에 서서히 죽어가는데, 어떻게 하면 그 생명을 조금이라도 연장할 수 있을까, 어떻게 하면 한 사람에게라도 더 가닿을 수 있을까, 어떻게 하면 휩쓸려 사라져버리는 와중에도 누군가의 눈에 한 번이라도 더 들 수 있을까.

오늘 새로 나온 앨범을 들으며 이 앨범은 며칠 만에 차트에서 사라질까, 아예 없던 일처럼 되려면 일주일이면 충분할까 생각하다 문득 죽은 내 책의 시체와 마주쳤다. 지금도 나의 예전 책들은 틈만 나면 살고 싶다고 말을 거는데, 이제 곧 나의 새 책도 그들 곁으로 보내야겠지.

"홍보기간이 끝나갑니다. 이제 이 책에 대해서 그만 좀 말하세요. 지겨우니까요."

네. 여름 무더위처럼 사라지겠습니다. 다시 더워질 때 새 책을 들고 올게요. 그것도 한 달을 못 살겠지만.